les machines à illusions

PHILIP K. DICK | *ŒUVRES*

LOTERIE SOLAIRE	*J'ai Lu* 547*
Dr BLOODMONEY	*J'ai Lu* 563**
LE DIEU VENU DU CENTAURE	
LE MAÎTRE DU HAUT CHÂTEAU	*J'ai Lu* 567***
À REBROUSSE-TEMPS	*J'ai Lu* 613**
UBIK	*J'ai Lu* 633**
SIMULACRES	*J'ai Lu* 594**
EN ATTENDANT L'ANNÉE DERNIÈRE	
MESSAGE DE FROLIX 8	
AU BOUT DU LABYRINTHE	*J'ai Lu* 774**
LE VOYAGEUR DE L'INCONNU	
BRÈCHE DANS L'ESPACE	
LA VÉRITÉ AVANT-DERNIÈRE	*J'ai Lu* 910***
MANQUE DE POT	
ROBOT BLUES	
LE BAL DES SCHIZOS	
LES CLANS DE LA LUNE ALPHANE	*J'ai Lu* 879**
LES CHAÎNES DE L'AVENIR	
L'HOMME VARIABLE	
LE PRISME DU NÉANT	
DEDALUS MAN	
LES MARTEAUX DE VULCAIN	
L'ŒIL DANS LE CIEL	
LE DÉTOURNEUR	
LE TEMPS DÉSARTICULÉ	
CONFESSION D'UN BARJO	
DEUS IRAE (en collaboration avec Roger Zelazny)	
SUBSTANCE MORT	
LES ANDROÏDES RÊVENT-ILS DE MOUTONS ÉLECTRIQUES?	
LES MACHINES À ILLUSIONS (en collaboration avec Ray Nelson)	*J'ai Lu* 1067**

PHILIP K. DICK ET RAY NELSON

les machines à illusions

traduit de l'américain par Iawa Tate

Éditions J'ai Lu

Ce roman a paru sous le titre original :

THE GANYMEDE TAKEOVER

Pour Kirsten et Nancy

1

A 3 heures du matin retentit la sonnerie du vidphone placé sur la table de chevet de Rudolph Balkani, chef du Centre de Recherche Psychédélique. Bien que Balkani fût éveillé depuis des heures (ces derniers temps, il souffrait d'insomnie), elle se prolongea longtemps avant qu'il ne daignât lui répondre.

– Balkani. Que désirez-vous?

– J'ai besoin d'un renseignement, déclara une voix soucieuse dont Balkani reconnut aussitôt le propriétaire : le Président du Conseil de Sécurité des Nations Unies. Il faut absolument que je sache à quoi m'en tenir.

– Soyez bref. Je suis souffrant.

– Avez-vous écouté la communication?

– Quelle communication? (Balkani se passa la main sur son menton hérissé de barbe.)

– L'ultimatum des extra-terrestres! Il a été diffusé par toutes les chaînes de radio et de télévision...

– Je n'ai pas l'habitude de perdre mon temps à écouter les médias récréatifs de masse. Que proposaient-ils?

– « Nous vous apportons la paix. Nous vous apportons l'unité... »

– Epargnez-moi la propagande, voulez-vous? J'imagine qu'ils exigeaient la reddition inconditionnelle de la Terre?

– Exact. Mais n'êtes-vous pas en train de mettre au point une sorte de nouveau gadget mental, professeur? Pensez-vous que cela puisse les arrêter?

– Je l'espère, riposta Balkani sur un ton d'ironie forcée. Malheureusement, cela nous arrêtera du même coup. En fait, au point où j'en suis, cette machine arrêtera tout ce qui possède un cerveau, sur ou autour de cette planète.

– Cependant... j'avais cru comprendre que vous seriez en mesure d'immuniser certains individus contre les effets néfastes de l'expérience. Disons, les principaux dirigeants?

– Je n'en suis pas encore là. La psychothérapie radicale sur laquelle je suis en train de travailler représenterait l'unique protection. Si vous étiez assez bon pour m'accorder un peu plus de temps et un nouveau contingent de « volontaires » pour mes prochaines expériences...

– C'est maintenant que nous en avons besoin! s'emporta le Président du Conseil de Sécurité. (Non sans un effort manifeste, il retrouva aussitôt son sang-froid. Son image vidéo acquit une fixité quasi douloureuse.) Que nous conseillez-vous? murmura-t-il.

– Il n'est pas de mon ressort de donner des conseils, répliqua Balkani. Je suis le sorcier de la tribu, et non son chef. Je fabrique les poupées vaudou, mais c'est à vous de savoir s'il convient ou non de les transformer en pelotes d'épingles. J'ai toutefois une faveur à vous demander.

– De quoi s'agit-il?

– Si vous décidez de vous servir de la machine, ne m'en dites rien. Je ne veux pas le savoir.

Sur ces mots, Balkani raccrocha et roula de côté pour reprendre sa quête d'un improbable sommeil.

– Pas assez qualifié, marmonna Mekkis en considérant le prisonnier humain d'un œil dégoûté. Peut-être qu'avec une petite formation sélective...

Le chronométreur voltigea près de son oreille.

– Vous feriez mieux de vous préparer pour la réunion du Grand Conseil, fit-il à mi-voix.

– En effet. Où avais-je la tête!

Mekkis cingla l'air de sa langue mince et flexible. L'appendice effleura un interrupteur placé à proximité du divan. Dans un gazouillis futile, les habilleurs se propulsèrent au galop dans la pièce. Mekkis se redressa pour leur faciliter la tâche.

Ainsi que tous les représentants de l'espèce ganymédienne supérieure, il avait l'aspect d'un gros ver rose. Ni bras ni jambes, par conséquent. Ils n'en avaient d'ailleurs nul besoin. Les larbs leur tenaient lieu de membres et cette fonction justifiait à elle seule leur existence. C'était pour la remplir qu'ils avaient vu le jour, et grandi, et appris.

Ils se hâtèrent de l'introduire dans son plus somptueux sac de cérémonie d'un ravissant rouge orangé. Rien n'était trop beau pour honorer ce jour qui pourrait bien être le plus important de sa longue carrière au service du gouvernement. De minuscules valets se mirent en devoir de brosser ses longs cils tandis que d'autres, dévolus à la toilette, lui débarbouillaient les joues de leurs langues. Pendant toute la durée des opérations, Mekkis ne cessa de considérer le captif. *Infortunées créatures,* songeait-il. *Jamais vous n'auriez dû attirer notre attention sur votre présence dans le système.*

Mekkis lui-même avait pris position contre la guerre. En vain. A présent, le mal était fait.

– Un peu tard pour verser des larmes, murmura-t-il. D'ailleurs, il n'est pas si pénible d'être larb, n'est-ce pas, mes amis?

– Non, non, ça peut aller, roucoulèrent en chœur les innombrables créatures aux qualifications diverses qui pullulaient autour de lui.

– Primo, conquérir; secundo, occuper; tertio, digérer. C'est ainsi. Nous avons déjà franchi sans trop de heurts les deux premières phases... et si je ne m'abuse, nous amorçons à ce jour la troisième. (*Mon heure a enfin sonné,* conclut-il en son for intérieur.)

Pour en avoir la certitude, il fit appeler son Oracle.

Quasi serpent, l'Oracle sinua jusqu'à lui.

– Comment vois-tu l'avenir? demanda Mekkis.

– Comment je vois aujourd'hui? rectifia le précog.

Mekkis sentit le doute s'insinuer en lui. Pour une fois, lui semblait-il, le larb manifestait une certaine réticence à exercer son talent.

– Qu'attends-tu? Parle!

– Les puissances des ténèbres se rassemblent sur ta personne. Ce jour est celui de tes ennemis!

Mekkis s'humecta les lèvres.

– Admettons. Et après?

– Après? Je vois les ténèbres affluer de toutes parts, se déployer jusqu'à ce que... oh, mon bon maître! Elles nous engloutiront tous!

Un instant, Mekkis médita sur ce qu'il venait d'entendre. L'Oracle s'était prononcé contre l'invasion de la Terre, d'où l'opposition de Mekkis. Mais l'invasion avait été un succès. Certains en étaient venus à mettre en doute le pouvoir des Oracles. *Et si,* se demanda Mekkis, *l'avenir était vraiment insondable? Quoi de plus facile que de marmonner des propos vagues et terrifiants dont personne ne comprend le sens véritable, puis de venir s'écrier ensuite : Vous voyez? Je l'avais prédit!*

– Ces puissances des ténèbres, demanda-t-il soudain, que puis-je faire pour m'y soustraire?

– Aujourd'hui? Rien. Plus tard, une chance – infime – se présentera. Si tu sais résoudre l'énigme de la Fille de Nulle Part.

– Quelle Fille de Nulle Part? demanda Mekkis qui sentait la moutarde lui monter au nez.

– Mes facultés sont limitées et ma vision s'estompe. Mais je discerne quelque chose... d'indescriptible. Cela se rapproche. Je pense à une sorte de cavité béante. Elle nous menace tous. Son pouvoir est si grand déjà, qu'il incurve le cours du temps. Plus tu t'en approcheras, plus il te sera difficile d'échapper à son attraction. O, maître, l'effroi me saisit. Moi qui n'ai jamais connu la peur, me voici sous l'empire d'une terreur irrépressible!

Aujourd'hui, songea Mekkis, *je ne puis rien faire pour échapper à mon destin. Autant aller de l'avant pour l'affronter sans lâcheté ni faiblesse. S'il échappe à mon contrôle, mes réactions, au moins, dépendent de moi seul.*

D'un frémissement de la langue, il appela ses porteurs et se mit en route vers la Salle du Grand Conseil.

Contre l'un des murs, on remarque une grande horloge. Les membres de ce que l'on pourrait appeler la Fraction progressiste sont assis sous l'horloge. Faucons notoires, ce sont eux qui ont poussé à l'affrontement avec la Terre. En face se trouvent les niches des Conservateurs, hostiles à la guerre. Mekkis appartient à la Fraction conservatrice.

Lorsqu'il fit dans la salle une entrée aussi remarquée qu'à l'accoutumée, Mekkis constata que les niches – toutes les niches – conservatrices étaient vides. Leurs occupants habituels s'étaient regroupés autour des chefs de file du Club de l'Horloge. Ses porteurs le déposèrent sur l'épais tapis où il demeura inerte, frappé de stupeur.

Cependant, fidèle au serment qu'il s'était prêté à lui-même, il se ressaisit et progressa avec une irrésistible lenteur vers sa niche habituelle, creusée à coups de dents, en face de l'horloge. Là, il se cambra dignement et mesura du regard les abrutis séniles massés sur les bancs des électeurs. Comme son attente se prolongeait, il se rappela que les ténèbres annoncées se trouvaient à portée de langue.

Ils ont gagné la guerre. Cette victoire constitue le levier dont ils avaient besoin pour faire basculer ces électeurs bavotants. Les voici prêts à entériner toutes leurs futures machinations. Mais je ne céderai pas! Toutefois – à eux de donner les ordres. Je me contenterai tout au plus du rôle d'exécutant.

Enfin, les Electeurs se décidèrent à interrompre cette séance extraordinaire.

– En votre absence, lui communiqua l'Esprit Collectif, nous avons commencé le partage de la Terre. Votre secteur vous attend, naturellement. Vous n'avez pas été oublié.

– Et quelle province m'a-t-on réservée? riposta Mekkis sur un ton d'ironie appuyée. (L'Esprit Collectif lui transmettait l'aversion sardonique que tous ressentaient à son égard. Ils jouissaient de sa frustration et de son impuissance.) Comment s'appelle cette province? répéta-t-il, prêt à entendre le pire.

– La province qui vous a été attribuée est celle du Tennessee, répondit avec une satisfaction mauvaise le porte-parole des Electeurs.

– Permettez-moi de consulter mes dossiers de référence.

Il entra aussitôt en contact télépathique avec son bibliothécaire. L'instant d'après, une description détaillée ainsi qu'une carte de la province se présentaient à son esprit. Il en avait assez vu pour évaluer la situation.

Mekkis, alors, perdit connaissance.

Lorsqu'il revint à lui, il gisait sur le dos dans la chambre la plus spacieuse du domicile de son ami le cardinal-commandant Zency, chez qui on l'avait transporté après sa défaillance.

Zency était lové non loin de lui.

– Nous avons bien tenté de te préparer à ce choc, murmura-t-il avec sollicitude. A présent, que dirais-tu de quelques éclaboussures? Cela te rafraîchirait les idées.

– Les vermines! ragea tout bas Mekkis.

– Soit. Mais tu as encore de belles années devant toi. Tu finiras bien...

– Penses-tu! Une vie entière n'y suffirait pas. (Non sans mal, il parvint à redresser la partie antérieure de son corps et à se maintenir en équilibre.) Je n'irai pas! Je vais présenter ma démission.

– Si tu fais ça, tu ne pourras jamais plus entrer...

– Je n'ai pas l'intention de remettre les pieds au Conseil. Le temps qu'il me reste à vivre, je le passerai sur un quelconque satellite, muré dans le silence et la solitude. (Il se sentait brisé, anéanti. Comme si l'un de ces monstrueux et misérables bipèdes terriens l'avait écrasé sous son pied.) Par pitié, gémit-il, qu'on me donne quelque chose à laper.

Trente secondes plus tard, un domestique zélé plaçait respectueusement devant lui une soucoupe, sobre dans sa magnificence. Mekkis se mit à laper sans passion, les yeux clos. Zency l'observait avec anxiété.

– Cette province pullule de Nigs rebelles, reprit Mekkis. Sans parler des hordes d'Indiens Chipua et Chawkta réfugiés dans les montagnes. Le Tennessee est la soupape de sécurité de la planète conquise. Ils le savent; pardi, c'est pour ça qu'ils me l'ont refilé. Une vexation délibérée!

Il se tut. Puis s'adressant au représentant d'une espèce ridiculement inférieure :

– Encore!

L'humble chose s'approcha et remplit la soucoupe.

– Et si c'était un compliment? s'exclama le cardinal-commandant avec tact. La seule province qui exige un travail véritable... la seule zone militaire dont notre armée n'ait pu venir à bout. De guerre lasse, ils te transmettent le flambeau. Nul autre n'a voulu s'en charger. La tâche est trop ardue.

A ces mots, Mekkis sentit quelque chose remuer en lui. L'idée, dont la logique semblait à première vue trop belle pour être honnête, le séduisait. S'il y avait songé lui-même, il eût été contraint de la rejeter pour d'évidentes raisons d'éthique. Mais l'idée venait de Zency, qu'il respectait; par conséquent, elle méritait d'être considérée. Pourtant, même dans ces conditions, il refuserait d'assumer cette fonction. Si l'armée avait échoué, quelle chance lui restait-il? Il retrouva des souvenirs fragmentaires et confus de rapports où il était question des partisans Nigs retranchés dans les montagnes du Tennessee et de leur chef génial et fanatique, Percy X. Percy X avait déjà déjoué tous les appareils d'extermination homotropiques dont il était la cible désignée. Il s'imagina, coincé entre Percy et le Conseil, plus exigeant que jamais, le harcelant pour que dans sa province comme dans toutes les autres soit mené à bien le programme habituel : la destruction des structures locales de gouvernement et leur remplacement par une monarchie fantoche.

– Fais-leur savoir que je suis souffrant, dit-il. J'ai eu les yeux plus grands que le ventre et un œuf gork est resté coincé quelque part le long de mon tube digestif. Avec un peu de chance, je n'exploserai pas. A propos, te souviens-tu de ce qui est arrivé l'an passé à Cpogrb après qu'il eut absorbé – quoi, déjà? – quatre œufs gork à la file?

Quel spectacle! On avait retrouvé des lambeaux de son corps disséminés aux quatre coins de la salle à manger! Cette évocation le réconforta brièvement. Un beau souvenir d'osmose mentale. La fusion parfaite dans le plaisir et l'allégresse, débarrassée de la notion de devoir contraint qui émanait du noyau de l'esprit encéphalique, des Electeurs du Banc et des puissantes entités regroupées dans le Club de l'Horloge.

– Considère une chose, reprit Zency. Si tu réussis, les militaires qui t'ont précédé feront figure d'imbéciles, et au-delà d'eux, tous les faucons sans exception.

– C'est ma foi vrai, reconnut Mekkis, absorbé dans ses pensées.

Un plan, déjà, s'était formé dans son esprit. Pour l'heure, le Tennessee se réduisait à un amalgame d'entités féodales plus ou moins autonomes, régies par quelques gros propriétaires terriens ou princes négociants. Ce morcellement était dû à la chute du gouvernement mondial. Il appartiendrait à Mekkis de porter son choix sur l'un de ces minuscules tyrans, puis de le hisser, à la barbe de ses rivaux, à la souveraineté de l'ensemble de la province. Opération délicate : quel que fût l'élu, son choix soulèverait des objections et attiserait les haines. Cependant... *et s'il optait pour Percy X?* Plus que tout autre, il recevrait avec reconnaissance cette manne tombée du ciel et plus que tout autre, par conséquent, saurait se comporter en pantin docile. Les princes négociants pousseraient des hauts cris, bien sûr, mais ni plus ni moins que pour quelqu'un d'autre, et de cette façon, Nigs et Indiens accepteraient peut-être enfin de rentrer dans le rang... bref, du même coup serait réglée la question épineuse du pouvoir.

– C'est ma foi vrai, répéta rêveusement Mekkis d'une voix où perçait une soudaine nuance d'espoir.

Plus question, désormais, de se dérober. Somme toute, son prophète n'avait pas menti. Aujourd'hui, ses ennemis lui avaient bel et bien tendu un piège. Comme d'habitude, il était tombé dedans la tête la première.

Et comme d'habitude, il entrevoyait déjà une solution pour tourner la situation à son avantage.

2

Toute sale et délabrée qu'elle fût, la chambre d'hôtel parvint à caqueter d'une voix sénile mais déterminée.

– Monsieur l'Hôte Payant est prié de ne pas chercher à s'enfuir avant d'être passé régler sa note à la réception.

Tout de même, songea Joan Hiashi, *elle n'a pas d'accent sudiste artificiel intégré à ses circuits! Nous sommes pourtant au fin fond du Swenesgard, Tennessee.* Puis, à haute voix, avec un bref hochement de tête :

– J'étais simplement en train de regarder par la fenêtre. Question propreté, vous ne seriez pas un tantinet négligente, par hasard?

– Compte tenu de mon tarif dérisoire...

Rien à redire là-dessus, d'autant que l'hôtel acceptait encore l'ancienne monnaie de l'ONU, retirée de la circulation par les autorités d'occupation sur la quasi-totalité de la planète. Manifestement, la nouvelle du rachat obligatoire de la monnaie n'avait pas atteint la lointaine province du Tennessee, et c'était tant mieux car toute la fortune de Joan se présentait sous la forme familière de billets de l'ONU, à présent usés et froissés, et de cartes de crédit d'avant-guerre qu'elle avait emportées à tout hasard.

Pour tout arranger, elle avait la migraine. Et l'air frais du dehors ne lui fut d'aucun remède, au contraire, car c'était l'air tiède et fade d'une contrée étrangère, hostile même. C'était sa première visite dans cette province, mais elle n'ignorait pas que pendant la guerre, le Tennessee s'était détaché de l'identité nationale; sa dégénérescence avait abouti à la formation d'un petit Etat autonome et lugubre qui demeurait hermétique à ceux du Nord, dont elle était. Elle se trouvait là pour des raisons strictement professionnelles.

– Que savez-vous au sujet des chanteurs folk locaux? demanda-t-elle au circuit d'articulation indépendant de la chambre – à peine audible, d'une conception grossière qui sentait son avant-guerre.

– Je vous demande pardon, monsieur l'Hôte Payant? Veuillez répéter, je vous prie.

« Mademoiselle, et non monsieur », avait-elle déjà précisé à plusieurs reprises, mais le circuit ne semblait programmé que pour s'adresser à un seul type d'interlocuteurs. Haussant les épaules, elle déclara d'une voix forte :

– Pendant plus d'un siècle et demi, cette région, le Sud dans son ensemble, fut le berceau des plus grands chanteurs de jazz et de ballades populaires. Prenez Buell Kazee, par exemple; il est né à Grinder's Switch, non loin d'ici. Bascom Lamar Lunsford, leur maître à tous, venait de South Turkey Creek, en Caroline du Nord. Uncle Dave Macon...

– Un dime.

– Pardon?

– Si vous avez l'intention de me questionner ou de continuer à pérorer, veuillez insérer une pièce dans la fente prévue à cet effet, ingénieusement disposée à hauteur d'yeux, sur la gauche.

– Dites-moi la vérité. Aucun de ces noms ne vous évoque quoi que ce soit, je me trompe?

– En effet, reconnut la chambre à contrecœur.

Joan s'assit sur le petit lit grinçant. Elle ouvrit son sac.

– Un des tout premiers disques de jazz authentique fut enregistré en 1927 par la *Brunswick Company*. Le révérend Edward Clayburn chantait *True Religion*. C'était il y a cent vingt ans.

Joan prit un joint à bout filtre dans son paquet de Nirvana et l'alluma. On pouvait trouver mieux, mais les joints Nirvana étaient fabriqués par la boîte qui l'employait et elle les avait à l'œil. Un instant, elle garda le silence, le temps, pour la fumée, d'imprégner ses poumons.

– Je sais, reprit-elle, qu'il existe encore dans cette province oubliée et malodorante, des foyers actifs de musique. Je suis venue dans le but de retrouver ces artistes et de les enregistrer sur bandes vidéo pour mon show télévisé.

– Si je comprends bien, dit la chambre, je ne m'adresse pas à n'importe qui?

– C'est le moins que vous puissiez dire. Vingt millions de téléspectateurs fidèles, ce n'est pas rien, et j'ai eu l'honneur de recevoir du Bureau de Contrôle culturel l'Oscar de la meilleure émission de variétés de l'année.

– Dans ce cas, fit observer la chambre d'un ton docte, vous n'êtes pas à un dime près.

Elle inséra la pièce dans la fente.

– Figurez-vous, continua la chambre avec une volubilité soudaine, que dans un passé récent, j'ai moi-même composé une ballade, dans le style Doc Boggs. Le titre en est...

– Les chambres d'hôtel, même au bout du rouleau, ne présentent aucun intérêt ethnique, coupa Joan.

Elle crut percevoir un soupir. Elle aurait pu le jurer. Bizarre. Mais avec l'âge, ces machines rudimentaires étaient souvent victimes de défaillances au point d'attraper des tics fâcheusement humains. Agacée, Joan lui coupa le sifflet d'un index rageur sur la touche de mise hors circuit, provoquant un soupir decrescendo. Dans le silence retrouvé, la jeune femme dressa son plan de bataille.

Les montagnes du Tennessee étaient devenues le camp retranché des hordes de partisans Nigs. S'il était vrai qu'ils refusaient de traiter avec les Nantis des plantations ainsi d'ailleurs qu'avec l'armée d'occupation Gany, comment devait-elle s'y prendre pour entrer en contact avec ces barbares? Jouer sur sa réputation professionnelle? Même cette chambre d'hôtel toute décrépite qui devait dater de 99 avait tenu à lui présenter son numéro. Pourquoi Percy X cracherait-il sur la perspective de toucher une large audience? Après tout, n'avons-nous pas tous notre petit ego?

Dommage qu'elle ne puisse se badigeonner en chocolat de la tête au pied, se proclamer Nig pour les besoins de la cause et se présenter à eux non comme une fouineuse blanche potentiellement hostile, mais comme une nouvelle recrue! D'un œil critique, elle inspecta son reflet dans le miroir fêlé.

De ses antécédents japonais, malheureusement, il ne restait pas grand-chose : cheveux et prunelles d'un noir de jais, silhouette menue... c'était à peu près tout. Elle pouvait à la rigueur se faire passer pour une Indienne. On disait que certains Indiens avaient rejoint les partisans. *Ridicule,* songea-t-elle avec amertume. *A quoi bon me leurrer? Je suis blanche. Et pour les descendants des Black Muslims, un Blanc reste un Blanc. Ruser,* décida-t-elle, *c'est ma seule chance.*

Elle ouvrit sa valise et choisit une combinaison

intégrale bleu anglais qui lui collait à la peau. Sexy, mais de bon goût et du dernier cri. Depuis son arrivée dans le Tennessee, elle avait observé avec soin la manière dont les femmes s'habillaient, mais même pour accréditer sa couverture, elle ne pouvait se résoudre à enfiler semblables reliques. Tout se passait comme si la mode unisex, généralisée depuis un demi-siècle dans le reste du monde, s'était refusée à franchir les frontières de la province. Le Tennessee devait être le dernier endroit au monde où hommes et femmes s'habillaient différemment.

S'approchant de l'audiophone qui ne tenait plus au mur que par quelques vis, elle composa le numéro de la station de taxis locale. Puis, son matériel d'enregistrement sur les genoux, elle attendit l'apparition du véhicule ionosphérique.

Je réfléchis encore, c'est plus fort que moi, se morigéna Paul Rivers, tôt ce matin-là. Il exhala un soupir et roula sur le dos pour exposer son ventre au soleil. *Me voici, cerné par la chair assoupie de mes contemporains,* songea-t-il avec amertume, *et mon esprit se déchaîne comme si j'étais de retour à l'université, en train de faire mon cours devant un amphithéâtre surchargé! Mon corps est là, mais mon esprit... L'homme, mesdames et messieurs, n'est jamais là où il se trouve, mais déjà là où il va ou encore là d'où il vient; et si c'était cela, le hic fondamental? Par conséquent, quand je suis seul, je ne le suis jamais vraiment. Et quand je suis en société, je ne le suis pas vraiment non plus. Comment décider mon esprit à fermer une bonne fois pour toutes sa grande gueule énergétique?* Paul Rivers avait fermé les yeux afin de les protéger de l'aveuglante lumière, mais l'éclat pourpre du soleil s'insinuait entre ses paupières en coulées mouvantes aux contours évanescents. Il détourna la tête et put enfin ouvrir les yeux.

Le spectacle qui s'offrit à sa vue dégoûtée fut celui d'un flacon vide de tranquillisants à demi enseveli dans le sable. La salure de la brise marine rafraîchissait l'air chargé de relents d'algues en décomposition et de poissons crevés. Ecoute : le va-et-vient régulier des vagues croulantes, l'eau qui se soulève de la mer pour retomber dans la mer, simulacre dérisoire de vie et de mort. A l'arrière-plan, les clameurs et les rires des soi-disant grosses têtes innocentes, ivres ou droguées en réalité par les joints de l'occupant. *Profites-en, tant que tu le peux encore, pour emplir ta bouche de la saveur revigorante de ce sable; jouis d'en sentir les grains s'écraser sous ta dent. Et le chatouillis des puces de mer contre ton dos recuit, n'est-ce pas délicieux? C'est ce qui s'appelle vivre,* conclut-il avec ferveur.

Malgré lui, ses yeux, irrésistiblement attirés par l'étiquette du flacon, se mirent en devoir de la déchiffrer. *Décidément, de tous les cas dont je m'occupe, je suis le plus désespéré...*

Une ombre tomba sur le paisible flacon. Paul Rivers leva les yeux. Très lentement. Impossible de mettre un nom sur le visage; les seins, par contre, ne lui étaient pas inconnus. Mais c'est bien sûr! Miss Holly Quelque Chose, vice-présidente de la section locale de la Ligue de Libération Sexuelle. Dans ce qui pouvait être une ultime tentative pour éviter la nudité absolue, elle avait chaussé son nez de lunettes ovales à monture d'écaille. *Elle n'a pas encore vingt ans, ou alors elle vient de les avoir,* observa confusément Rivers. *Un peu verte pour moi, cela dit...*

Grande, uniformément bronzée, avec des cheveux de ce châtain profond, chaleureux, cadeau de Dame Nature, qui lui retombaient en vagues souples sur les reins, Miss Holly le considérait de ses yeux mi-clos au regard franc, un léger sourire sur ses lèvres non maquillées. Décidément, elle était bien le seul argument sérieux qu'il eût jamais rencontré en faveur de la Ligue de Libération Sexuelle! Non seulement sérieux, mais éminemment persuasif, sinon décisif. Sans un mot, elle s'agenouilla et lui piqua un baiser sur la joue.

Les salutations terminées, elle se passa un bout de langue rose sur les lèvres.

– Un appel pour vous, docteur Rivers.

Alors seulement, il remarqua dans sa main un vidphone de la taille d'un paquet de cigarettes. *Comment est-ce possible?* se demanda-t-il. *A l'exception du bureau central, personne ne sait où me trouver. Ils n'oseraient tout de même pas interrompre mes vacances!*

Intrigué, il prit le vidphone et se concentra sur le minuscule écran. Au premier coup d'œil, il reconnut son supérieur immédiat, le Dr Martin Choate. En raison des effets conjugués de la tridi et de la couleur, on eût dit un lutin malicieux scrutant le monde à travers la boîte où il se trouvait emprisonné.

– Salut, lutin, dit Paul Rivers.

– Comment? fit l'autre, interloqué. Ecoutez, mon vieux, vous savez que je vous aurais fiché la paix si ce n'était pas important...

– Je vous écoute, assura Rivers sur le ton encourageant qu'on finit toujours par acquérir quand on passe sa vie à faire vider leur sac à des individus récalcitrants.

– J'ai un patient pour vous, dit le Dr Choate. (Il hésita, cherchant ses mots.)

– De qui s'agit-il, cette fois?

Choate s'éclaircit la gorge. Un pauvre sourire éclaira son visage.

– De l'espèce humaine.

Il était sale. Sa peinture, d'un vert jadis éclatant, avait pris une teinte boueuse et s'écaillait par endroits. Le taxi s'encastra dans le châssis de la fenêtre.

– Grouillez-vous! lança-t-il de sa voix la plus administrative. (On eût dit qu'une mission urgente et de la plus haute importance l'attendait au milieu de cette maigre plantation cernée par une misère qui avait pris le nom d'Etat, jadis partie intégrante d'une grande nation unifiée.) Mon compteur tourne, ajouta-t-il.

Rituel pitoyable : par ces paroles revêches, il s'efforçait de lui en mettre plein la vue. Et elle n'appréciait pas.

– Aidez-moi à charger mon matériel, voulez-vous? riposta-t-elle sur le même ton.

Avec une stupéfiante promptitude, le véhicule projeta un tenseur manuel à travers la fenêtre ouverte, empoigna les sacs et les transféra dans son coffre. Ensuite, Joan Hiashi monta à bord.

Elle était sur le point de partir quand la porte s'ouvrit d'un coup, livrant passage à un individu entre deux âges, massif et bedonnant. Il mâchouillait un cigare jaunâtre.

– Gus Swenesgard, annonça-t-il. Je suis le propriétaire de cette plantation et de l'hôtel. Votre chambre m'informe à l'instant que vous tentez de vous éclipser sans régler votre note. (Il parlait d'un ton rêveur, sans trahir la moindre colère ni même la surprise.)

– Vous remarquerez, fit-elle avec lassitude, que j'ai laissé dans cette chambre tous mes vêtements, à l'exception de ceux que je porte. Je suis venue ici pour travailler. Je serai de retour dans un jour ou deux.

Etrange, tout de même, qu'un Nanti, le seigneur féodal de toute la plantation, la ville de Swenesgard y compris, s'occupât en personne d'un problème aussi modeste.

Comme s'il lisait dans son esprit – ce qui était peut-être le cas; peut-être, après tout, Gus Swenesgard était-il un télépathe formé par le Centre de Recherche Psychédélique –, le gros Nanti maculé de sueur répliqua en se frappant le front :

– Tout est gravé là, Miss Hiashi. Je sais, par exemple, que vous êtes le seul VIP que l'*Olympus Arms* ait reçu depuis des mois et croyez-moi, vous n'allez pas vous faufiler en douce comme un... (Le cigare, dans sa main, ébaucha un mouvement de reptation.) Comme un ver. En rampant sur le ventre, si je puis me permettre.

– Votre plantation ne doit pas être démesurée, si vous arrivez à réaliser ce tour de force. (Joan exhiba une liasse de billets de l'ONU.) Pour apaiser votre petit esprit neurasthénique, je vais payer d'avance. Six nuits. Je suis d'ailleurs surprise qu'on ne m'ait rien demandé quand je me suis inscrite à la réception.

Gus Swenesgard tendit sa grosse patte. Joan y laissa tomber l'argent.

– Ne cherchez pas, fit-il en comptant les billets. C'est parce qu'on a confiance en vous.

– C'est ce que je vois.

Elle avait envie de filer. Ce vieil idiot semblait

avoir quelque chose derrière la tête, mais quoi?

Il se décida.

– Allons donc, Miss, nous savons tous que vous êtes nigrophile. (Son bras se détendit, et dans un paroxysme de familiarité paternaliste, il lui assena une petite tape sur la tête.) Ma famille et moi, on suit fidèlement votre émission. C'est toujours plein de Nigs, hein? Même mon dernier, Eddie, qu'a pas encore six ans, il me le disait l'autre jour. « Cette dame, elle en est dingue, des Nigs! » Tenez, ma tête à couper que vous allez tout droit dans les montagnes pour y rendre une petite visite à Percy X, je me trompe?

– Non, dit-elle après un silence.

– Laissez-moi vous dire une bonne chose, Miss. (Gus fourra les billets roulés en liasse dans la poche d'un pantalon qui avait dû être repassé autrefois. Il était déjà démodé il y a dix ans, ce pantalon. On ne portait plus de vêtements à poches depuis une éternité.) Vous pouvez bien être nigrophile, ça ne veut pas dire qu'ils vous accueilleront à bras ouverts. Par ici, c'est tous des détraqués. Pire que des sauvages d'Afrique, ils sont devenus. Ils vous mutileront. (Il hocha sa tête plus chauve que rousse.) Là-haut, dans le Nord, vous ne vous rendez pas compte; vos Nigs, ils sont tous digérés.

– « Digérés? » (Joan haussa un sourcil délicat. Une expression locale, sans doute, et résolument péjorative.)

– Dégénérés, quoi. Vous savez bien, ils ont mêlé leur sang à celui des Blancs, de sorte que vous êtes tous contaminés. Ici, c'est pas pareil. Nos Oncles Toms ont la place qui leur revient.

– Pour leur plus grand bien? riposta-t-elle, mi-narquoise, mi-agacée.

– Qui sait? Ils sont peinards. On les protège. Ils n'ont pas à redouter d'être réquisitionnés pour aller dans les camps de travaux forcés Gany.

– J'ignorais que l'occupant avait mis sur pied des camps de travail, murmura-t-elle.

– Ils n'ont pas envahi cette planète pour rien, Miss. D'accord, on n'en est pas encore aux travaux forcés, mais ça viendra. Ils emmèneront les gens sur Ganymède et les transformeront en « larbs », comme ils disent. J'en ai la certitude intime, pour ainsi dire. Mais on saura protéger nos Oncles Toms. Ils ont assez sué pour nous, on leur doit bien ça.

La dernière phrase, prononcée sur un ton catégorique, fut ponctuée par un vigoureux hochement de tête.

– Vous perdez votre temps, monsieur Swenesgard, lança derrière eux une voix douce, mais dont les inflexions trahissaient une longue habitude de l'autorité.

Stupéfait, Gus fit volte-face. Joan l'imita aussitôt.

– Que voulez-vous..., balbutia le gros Nanti.

– Sa décision est prise, expliqua tranquillement le nouveau venu. Si la sécurité de Miss Hiashi vous préoccupe à ce point, le moins que vous puissiez faire est de lui proposer de l'accompagner. Pour assurer sa protection.

– Monsieur, j'ignore qui vous êtes ou croyez être! s'exclama Gus avec emphase, mais vous devez être tombé sur la tête!

– Mon nom est Paul Rivers. (Rivers tendit une main que Gus serra du bout des doigts.) On dirait que vous avez peur, monsieur.

– Parfaitement, j'ai peur! éructa Gus. Comme tout individu en possession d'un brin de jugeote. Ces Nigs...

– Quand la grâce philosophique était sur eux, les Grecs ne concevaient qu'un seul cadeau des dieux plus miséricordieux qu'une vie abrégée, et c'était de ne jamais être venu au monde. Dans une période troublée comme celle que nous traversons, on mesure toute la sagesse de cette conviction.

– Foin de boniments, monsieur le philosophe, riposta Gus d'un ton aigre. Qu'attendez-vous pour partir avec elle?

Rivers se tourna vers Joan.

– Avec votre permission.

Joan le dévisagea, les yeux pleins de méfiance. C'était une espèce de grand type mince avec des cheveux bruns coupés mode qui grisonnaient sur les tempes et l'air incroyablement calme et maître de lui. La sincérité même, à première vue. Mais comment croire une seconde qu'un inconnu, tout philosophe qu'il fût, envisageât de risquer sa vie, comme ça, pour le plaisir? Joan ne le croyait pas. Pourtant...

– D'accord, décida-t-elle. Si vous êtes assez cinglé pour désirer m'accompagner, je le suis assez pour accepter. (*A quoi bon essayer de lui tirer les vers du nez,* songea-t-elle. *Il me mènerait en bateau et je n'y verrais que du feu.)*

– Je ne vous demande qu'un instant, dit Rivers. (Il marcha vers la porte.) Le temps d'aller chercher mon revolver à aiguille dans ma chambre et je suis à vous.

A peine fut-il parti qu'elle changea brusquement d'avis. Il ne pouvait y avoir qu'une seule explication à la tranquille assurance de cet homme. Paul Rivers n'avait pas du tout l'intention de franchir la limite au delà de laquelle sa vie serait réellement en danger.

Ce doit être un agent engagé pour m'empêcher d'atteindre Percy. Qui sait, un tueur, peut-être!

– Si ça ne vous ennuie pas, je vais filer, dit-elle à Gus. Le compteur tourne. (Puis, sans attendre sa réponse, elle enjamba la fenêtre et pénétra dans le véhicule ionosphérique.)

– Ce Percy est un psychopathe! hurla Gus Swenesgard. Fils et petit-fils de psychopathe, et ainsi de suite jusqu'aux premiers *Black Muslims*! Qu'est-ce que vous croyez? Qu'il vous recevra comme la délicieuse Miss Hiashi, la petite fiancée de la télé? (Il s'approcha de la fenêtre, sabrant l'air de son cigare.) Pour lui...

Le taxi lui claqua sa porte au nez.

– Pour lui, reprit Gus, vous ne serez jamais que la sœur de ces Blancs qui, en 66, ont lynché ceux qui étaient descendus dans la rue pour exiger les droits civiques. Vous n'étiez pas née? Et alors? Vous croyez qu'un fanatique du genre Percy va s'arrêter à ce détail? A votre avis, combien de mètres de bande vidéo allez-vous impressionner avant qu'il ne...

– Percy et moi avons étudié dans la même boîte! cria Joan avant que la porte ne se referme. Religions Comparées I et II à l'Université religieuse du Pacifique de Berkeley. Qu'est-ce que vous dites de ça, monsieur Swenesgard? N'est-ce pas délirant?

Elle appuya sur la pédale adéquate et le taxi se détacha de la fenêtre. Elle ne put entendre la réponse de Gus, emportée par le *whoosh* du véhicule, filant comme une flèche à l'assaut du soleil. *Etrange,* pensa-t-elle. *Un caprice du destin nous réunit à nouveau, Percy et moi, mais les temps ont bien changé. J'ai étudié le bouddhisme, lui le Coran, pourtant au milieu de tout ce chahut, nous avons fait un sacré chemin par rapport au but que nous souhaitions atteindre.*

– Il ne voulait pas vous laisser partir, dit le taxi, mais je m'en fiche. S'il me fait sauter ma licence, je me réglerai sur une autre plantation. Celle de Chuck Pepitone, par exemple. C'est un gros truc. Je multiplierai par dix mon chiffre d'affaires.

– Les affaires sont les affaires, énonça Joan d'un ton docte en se renversant contre le dossier avachi de simili loutre.

– Il faut reconnaître une chose à son actif, reprit le taxi. Gus s'intéresse à ce qui se passe autour de lui. Les autres Nantis ne pensent qu'à siroter leur bourbon et monter leurs fichus canassons. Gus, c'est différent. Il a pris la peine de dénicher les pièces de rechange dont j'avais besoin. C'était pas facile. Je commence à me faire vieux, vous comprenez, et pour me trouver des pièces de rechange, il faut se lever tôt. J'ai toujours pensé qu'il avait un faible pour moi.

– Et pour moi, dit Joan. Sous ses grands airs de donneur de leçons. Mais il n'est pas de taille à me faire changer d'avis. (*Pas plus que l'autre type,* ajouta-t-elle en son for intérieur. *Ce Paul Rivers.*)

Arrivé dans sa chambre, Paul Rivers se mit à parler d'une voix précipitée dans son vidphone de poche équipé d'un brouilleur.

– Prise de contact effectuée. Elle est d'accord : je l'accompagne.

– Parfait, dit le Dr Choate. Surtout, ne perdez pas de vue ce que nous a révélé son analyste à New York. Joan Hiashi collabore avec l'armée Gany. Elle s'est engagée à leur fournir tout renseignement pouvant contribuer à la capture de Percy X. Je répète ce que je vous ai déjà dit au cours de votre briefing. Pour nous, l'Association mondiale de Psychiatrie, cette capture est inadmissible. Aux yeux de l'humanité entière, Percy est devenu un vivant symbole. Il personnifie son ego et la résistance de cet ego collectif durera ce que durera la résistance de Percy. Il doit coûte que coûte continuer à lutter, tout au moins en apparence.

– Sinon?

– Les dernières conclusions du psycho-computer ne laissent aucun doute à ce sujet : la schizophrénie se répandrait comme une traînée de poudre à travers le monde, débouchant sur une véritable folie universelle impossible à contrôler. Il existe toutefois un moyen d'empêcher ce drame.

– Quel est-il? demanda Rivers tout en vérifiant avec des gestes rapides et minutieux le fonctionnement de son revolver à aiguille.

– Le martyre. S'il doit mourir, que ce soit en héros. Les vers en sont tout aussi conscients que nous. D'après nos thérapeutes détachés au Service de l'Administrateur militaire Koli, celui-ci aurait l'intention de prendre Percy vivant et de le faire écorcher. L'humiliation ressentie par l'humanité en apprenant que Percy a été écorché comme un vulgaire lapin et son enveloppe transformée en tapisserie, constituerait un choc traumatique dont la magnitude serait difficile à surestimer. Voilà ce qu'il nous faut éviter par-dessus tout.

– Hmmmm, fit Paul Rivers, en mettant le revolver dans sa poche.

– A vous de jouer, Rivers.

Choate raccrocha. L'écran miniature se réduisit aux dimensions d'une curieuse petite fente obscure.

Revenant sur ses pas, Rivers atteignit la chambre

de Joan Hiashi dont il ouvrit la porte. Gus était debout près de la fenêtre. Seul et tout sourire. Ce sourire aurait suffit à faire sortir Rivers de ses gonds.

– Monsieur Swenesgard, dit-il d'une voix intense, intensément contenue, *vous avez vraiment tout fait pour qu'elle parte, n'est-ce pas?*

Le sourire de Gus s'élargit jusqu'aux oreilles.

– Moi y en a pas comprendre, dit-il. (Puis, avec une évidente satisfaction :) Inutile d'essayer de lui courir après. Ce vieux tacot est le seul taxi disponible.

3

Adossé contre un arbre sous le soleil accablant, Lincoln Shaw, les sourcils froncés sous l'effet de la concentration, rafistolait pour la centième fois la monture d'écaille de ses lunettes. C'était un mulâtre d'aspect fragile dont la dégaine intellectuelle semblait d'emblée infiniment suspecte au milieu de cette nature sauvage.

– Hey, Lincoln, lança quelqu'un de l'autre côté de la clairière. Qui a libéré les esclaves, qui?

– C'est moi, répondit spontanément Lincoln. (Plaisanterie à bout de souffle. Depuis longtemps, elle avait même cessé de le mettre en colère.)

– Pas du tout, tonna la voix. C'est moi!

– Personne n'a libéré les esclaves, maugréa Lincoln entre ses dents.

Percy traversait la clairière à grandes enjambées, brandissant quelques lapins fraîchement attrapés.

– J'ai entendu, dit Percy. (Il s'affala dans l'herbe à côté de lui.) Et pour une fois, tu as raison. Personne ne peut libérer un homme de ses fers. La liberté ne s'octroie pas, elle se conquiert, d'accord?

– A t'entendre, il n'y a rien de plus facile. (D'un revers de la main, Lincoln chassa un moucheron.)

– Bien sûr que c'est facile! Tout homme peut être libre s'il est prêt à mourir pour en arriver là.

– Ou à tuer, murmura Lincoln, machinalement.

– Tu as raison une fois de plus. (Percy lui pinça affectueusement le bras.)

– Aïe! Arrête, bon sang! C'est plus fort que toi, hein? Tu ne peux pas t'empêcher de te comporter comme un clown!

– Et comment voudrais-tu que je me comporte?

– Avec un peu de dignité. Tu es le chef d'un important mouvement politique. Comment voulez-vous être pris au sérieux, toi et ton programme, si tu te comportes toujours comme un bon dieu de clown?

– A ton avis, je devrais peut-être trimbaler une épée de cérémonie, riposta Percy, gouailleur.

– Tu peux te l'enfiler quelque part! (Lincoln le foudroya de son regard de myope, battit des paupières et reprit son tripotage.) Mais je vais te dire un truc. Que celui qui aime se vautrer dans la boue ne s'étonne pas si on lui marche dessus.

Le bras de Percy se détendit comme un ressort. Sa main, tel un étau, emprisonna le poignet de Lincoln.

– Ecoute-moi bien, mec. Regarde ma peau : elle est couleur de boue. La boue, j'en suis fait, comme toi, comme tous ceux qui militent dans ce prétendu « mouvement politique », et si tu étais un fermier au lieu d'une putain d'intello du Nord, tu saurais que la meilleure boue est la boue la plus noire. Tu es couleur de boue, mec, ne l'oublie jamais!

– Oui, bwana, oui, patron, répondit Lincoln dont l'accent distingué le céda à une parodie pleurnicharde de ce bon vieil Oncle Tom.

Percy partit d'un éclat de rire et le lâcha.

– Pour les clowneries, tu me bats à plate couture.

Il riait toujours, mais Lincoln se contenta de hausser les épaules.

Dans une torpeur complaisamment peuplée de fantasmes assouvis, le ver maréchal Koli profitait de l'intimité de son bureau pour ruminer une fois de plus la capture de Percy X.

Un dernier triomphe avant son retour sur Ganymède. Avant qu'il ne cède la place aux civils, à la date prévue. Détail saugrenu pour tout Ganymédien : sur Terre, les espèces à peau sombre occupaient le bas de l'échelle sociale. Par quel caprice les hommes avaient-ils inversé l'ordre de la hiérarchie naturelle? Après tout, outre leur aspect séduisant, les Nègres avaient pour eux une philosophie – grosso modo – équilibrée de l'existence, un sens inné de la modération en toute chose et un humour subtil. Les Blancs, par contre, se cramponnaient avec frénésie aux mamelles jumelles de l'ambition et de la peur. Convoitise, hantise de l'échec; un mélange catastrophique qui trahissait leur tempérament instable.

Cela dit, compte tenu du fait que les Terriens n'en étaient encore qu'au sixième palier de l'évolution, possédant à la fois des pieds et des mains non à l'état de vestiges mais tout ce qu'il y avait de fonctionnels, on ne pouvait les considérer autrement que comme des animaux. C'est pourquoi le maréchal Koli n'éprouvait aucun scrupule à envisager la capture de Percy X, le chef des partisans Nigs. Après l'avoir tué sans cruauté excessive, on le dépouillerait de sa peau (tête comprise), laquelle serait ensuite tannée dans les règles de l'art. On lui poserait des yeux de verre, et à condition qu'elles fussent en bon état, on conserverait les dents organiques. Quelle superbe tapisserie! Toutefois, si la dépouille était assez poilue, on la convertirait en une descente de lit sur laquelle il ferait bon glisser. Dans sa villa de Ganymède, le maréchal pouvait déjà s'enorgueillir d'une superbe collection qui ne manquait jamais d'impressionner l'ami tombé à l'improviste ou le visiteur officiel. Le maréchal avait eu l'habileté de mettre à profit son long séjour sur Terre. Les trophées, on le sait, sont beaucoup plus que de simples jouets ou objets d'art; symboles de la victoire, ils représentent l'œuvre accomplie, et la peau de Percy X constituerait bien évidemment le clou de la collection.

... A condition qu'il puisse l'acquérir avant l'arrivée de son remplaçant civil.

Il se rapprocha du dossier Percy X et ses mâchoires se saisirent d'un portrait en couleurs et tridi du chef partisan. Quel front! Quel menton! Cette physionomie taillée à coups de serpe exprimait une vigueur qui confinait à la beauté. Rien d'étonnant à ce qu'une telle créature se fût élevée au rang de chef charismatique des derniers résistants.

Dès que Miss Hiashi aurait pris contact avec Percy X, un émetteur miniature dissimulé dans le bonnet droit de son soutien-gorge lui permettrait de communiquer en permanence avec le bureau du maréchal afin de le tenir au courant des activités et des déplacements du Nig, et ce jusqu'au moment jugé propice par Koli pour refermer sur lui son piège. Tout le monde y trouverait son compte. Miss Hiashi aurait ses enregistrements témoignant d'une culture disparue, et Koli sa tapisserie. Cette fille lui plaisait. Il avait fallu un bel entêtement et un art consommé de la magouille pour accéder à la position privilégiée qu'elle occupait dans le monde du showbiz tout en gagnant la sympathie du Bureau de Contrôle culturel ganymédien.

Ayant effleuré la touche de l'intercom, Koli demanda :

– Quelles nouvelles de chez nous? Le Grand Conseil siège-t-il encore?

Parfois, les papotages de l'Esprit Collectif s'étiraient pendant des jours et des jours de chamailleries alambiquées.

– Rien encore, répondirent ses communic-larbs. Nous vous ferons un rapport dès que nos représentants au Grand Conseil se seront manifestés.

En temps terrien, le vaisseau transportant le nouvel administrateur civil ne mettrait pas moins d'une semaine pour atteindre le Tennessee. De plus, compte tenu des perspectives peu alléchantes qu'offrait cette province particulière, il n'était pas exclu que l'élu fît traîner les choses en longueur. Il pouvait même faire appel et, la plupart du temps, les cas litigieux étaient l'occasion de palabres pouvant s'éterniser des semaines durant.

Par conséquent, pas de panique, comme disaient les Terriens.

Ce fut le moment que choisit le colonel Mawoi, commandant en second, pour faire son entrée, porté par ses larbs. Sans perdre un instant, il entra aussitôt en communication télépathique avec son supérieur.

– Monsieur, avant que vous n'abordiez d'autres aspects du dossier Percy X, me permettez-vous de soulever un point de détail?

– Faites, dit le maréchal à voix haute et sur un ton bourru.

– Ainsi que vous le savez peut-être, j'ai contribué à la reproduction du dossier. Il m'est venu à l'esprit qu'un paragraphe avait pu échapper à votre attention, soumis comme vous l'étiez à la pression des...

– Quel paragraphe?

Mawoi ne fit rien pour dissimuler son inquiétude.

– Le Nig en question, monsieur, dit-il tout de go, est télépathe. Diplômé de l'Ecole du Centre de Recherche Psychédélique. Dans ces conditions, monsieur, personne ne peut l'espionner, et surtout pas Miss Hiashi qui sera près de lui en permanence. Il sera aussitôt averti de sa mission et ne la laissera pas, j'imagine, vous transmettre la moindre information. En fait, monsieur, il pourrait bien l'abattre sur-le-champ.

– Qu'est-ce que vous attendez? fit Koli, très agacé. Lancez-lui un appel radio. Il faut la prévenir, annuler sa mission. On ne peut pas se permettre de sacrifier pour rien un agent de cette qualité!

Comme le colonel s'éclipsait, le maréchal exhala un soupir résigné.

– Quelle belle tapisserie il aurait fait, murmura-t-il après un long silence, pour lui-même et les larbs qui se trouvaient à portée de voix.

D'un mouvement ample et précis de son mouchoir, Gus Swenesgard épongea sa calvitie naissante et se replongea dans l'étude de la carte. Au sommet, on avait apposé le tampon TOP SECRET –

RESERVE AU PERSONNEL MILITAIRE DE CLASSE A, mais Gus n'en avait cure. Un de ses Oncles Toms l'avait dénichée dans le laboratoire de la Centrale Nucléaire de Oak Ridge et il se l'était appropriée avec la ferme intention d'en faire l'usage qu'il lui plairait.

– C'est ici, pas de doute! s'exclama-t-il fiévreusement, le regard fixé sur le grand trou, plus profond de minute en minute.

Il ne possédait aucun matériel de forage automatique, mais qu'importe. Il avait à sa disposition des Nègres laborieux en quantité, une bonne foreuse à arbre creux et du temps à ne savoir qu'en faire.

– Arrête tes salades, Gus, veux-tu! hurla Jack Haller, couvrant le vrombissement de la foreuse. On sait bien que c'est pas une bibliothèque que t'espères trouver là-dessous. Personne n'est dupe, mon vieux, alors, laisse tomber, hein? (Il foudroya son patron du regard.)

– « Bibliothèque », c'est écrit là, en toutes lettres!

Gus lui agita sous le nez la carte toute froissée. C'était écrit, en effet. Pour sa part, Gus s'amusait comme un fou à imaginer pourquoi, avant la guerre, l'armée des Nations Unies aurait pris la peine d'enterrer des bouquins sous sa plantation. Bibliothèque... un nom de code, bien sûr, servant à désigner... quoi, au juste?

La chose était si proche, désormais, qu'il pouvait presque la flairer. Tout son corps se contracta.

– C'est une carte de l'armée, n'est-ce pas? reprit Haller. Et c'est contraire aux lois d'occupation d'exhumer du matériel militaire. J'ai dans l'idée que c'est la raison pour laquelle t'as fait courir ce bruit ridicule. Une bibliothèque, hein?

– En fait, murmura Gus sur un ton de conspirateur, il s'agit de cinquante mille soldats des Nations Unies, armés jusqu'aux dents, qui attendent le jour J pour reconquérir cette satanée planète.

Haller roula des yeux effarés.

– Et tu comptes les mettre à jour? Pour tout faire rater? Où est ton patriotisme?

– Je blaguais.

– Alors, qu'est-ce que c'est?

– Des nanas. Cinquante mille nanas. Toutes vierges.

Ecœuré, le contremaître haussa les épaules et s'éloigna avec dignité.

A mi-voix, de sorte que ni Haller ni personne ne pût l'entendre, Gus déclara :

– Je viens de te dire ce que c'était et tu refuses de me croire. Tant pis pour toi.

Car il avait dit la vérité.

A la veille de signer l'armistice, les Nations Unies avaient opéré par ordinateur une sélection minutieuse des plus belles filles (génétiquement parlant) de la planète, sélection représentative de toutes les races. On avait ensuite introduit les jeunes personnes dans un compartiment souterrain homéostatique hermétiquement clos, puis les Nations Unies s'étaient évertuées à détruire toutes les preuves de l'existence dudit compartiment dans la perspective où les vainqueurs, comme les vers visqueux et répugnants qu'ils étaient, envisageraient de rayer l'espèce humaine de la surface de l'univers. Il se trouvait que les Ganymédiens n'en avaient pas du tout l'intention; si toutefois la politique d'occupation suivie jusqu'à présent était un gage pour l'avenir, ils continueraient de se comporter en vainqueurs habiles et circonspects. Par conséquent, raisonnait Gus Swenesgard, cette colonie de super-nanas n'avait plus aucune raison d'être, et puisque leur existence souterraine ne devait pas être du dernier folichon, il leur rendrait un fier service en les libérant. Reconnaissantes, elles seraient aux petits soins pour lui. Exquise perspective.

Mais Gus avait d'autres projets. En échange de leur délivrance – combien elles étaient, ça il n'en avait pas la moindre idée, peut-être une centaine, peut-être le double – il exigerait la réciprocité, pour parler comme Ike Blitzen, son avocat.

Un certain nombre de grosses plantations de Nantis, comme Chuck Pepitone ou Jesus Flores, pour ne citer que les plus proches, possédaient de véritables bataillons d'épouses noires et blanches, encore qu'en termes techniques, d'après la loi du Tennessee, les femmes de couleur fussent considérées comme des « conjointes » et non des « épouses ». Mais cette richesse-là constituait le fondement de la prospérité Nantie. Les femmes, voilà quel était l'ultime critère. Gus en était conscient. Tous en étaient conscients. Car le prix des femmes était monté en flèche. Dans les provinces du Sud, il avait laissé loin derrière celui des Oncles Toms. La preuve : pour, mettons, cinquante dollars ONU, on pouvait s'offrir un Nig bien charpenté, alors que pour une femme en bon état, il fallait compter... six fois plus, au moins.

Ce trésor tombé du ciel, cet escadron de nanas enterrées dans sa plantation, représentait une sacrée *monnaie* d'échange. Car les bons vieux billets d'avant-guerre avaient vite perdu toute valeur à mesure que l'occupant les rachetait ou les retirait de la circulation ou Dieu sait quoi, mais aucun mortel de bon sens n'aurait accepté de toucher aux saloperies qu'ils avaient émises à la place, tellement on voyait que c'était du toc; qui voyait-on dessus, par exemple? Le Président Johnson? Staline? Pas du tout! Les Gany étaient allés farfouiller dans les poubelles de l'histoire pour en ramener les portraits, de face et gravés sur acier s'il vous plaît, de farfelus tels que Kant, Socrate, Hume et autres zombies du même acabit. Tenez, le billet de dix dollars à l'effigie du général Douglas Mac Arthur n'avait plus qu'un mois à vivre. Et qui le remplacerait? Un certain Li Po, ancien poète chinois. C'était vraiment se payer votre tête.

Bref, ces bouts de papier d'occupation étaient devenus prétexte à un racket honteux permettant aux Gany de s'approprier le patrimoine de la Terre. Tout le monde le savait, même dans le Nord, où les partisans des vers, les *pervertis* pour aller vite, faisaient la loi... enfin, dans la mesure où ils obéissaient au doigt et à l'œil aux galonnés Gany, ce qui était dans la nature de tout perverti.

Sa plantation pouvait bien être la plus minable de toute la province, et après? Quelle importance, une fois qu'il aurait mis à jour l'énorme compartiment conçu pour tenir un siècle et plein à craquer de jouvencelles dans la fleur de l'âge, hors d'atteinte des vers, ou des serpents, comme vous préférerez les appeler selon ce que vous haïssez le plus. Les serpents, ça se tortille et ça vous injecte du poison. Quant aux vers... ben, ils sont aveugles; en un sens, c'est plutôt pire. Eleveur de moutons, Gus s'y connaissait en vers parasites, et il avait vu à l'œuvre le ténia. Pour lui, les Gany ne pouvaient être que des vers, à côté de quoi les serpents ne sont qu'une plaisanterie.

– L'arbre creux! lança soudain Haller. Regarde, il

remonte des fragments de métal. On dirait qu'il est en train de perforer de l'acier chromé.

– A quelle distance?

– Sept mille pieds. Exactement comme tu l'avais prévu.

– Parfait. Installe le gros arbre, celui dans lequel on peut descendre. Moi d'abord. Je te ferai signe quand tu pourras me suivre.

Peu après, sanglé dans un harnais, sa combinaison enduite d'une glu puante à base de plastique pour ne pas rester coincé, Gus s'enfonça peu à peu dans le conduit, à la lueur parcimonieuse d'une lanterne qui brimbalait au-dessous de lui. Par mesure de précaution, un Oncle Tom armé d'une arbalète le suivait de près. Dans sa main gauche, Gus étreignait un revolver à tir rapide chargé de balles phosphoreuses; dans l'autre, une poignée de documents l'identifiant comme le Proprio légal de la Quinzième Plantation de la Province du Tennessee, afin qu'on ne le prît pas pour un perverti animé de mauvaises intentions. Sans oublier quelques articles de presse postérieurs à la Capitulation, où il était démontré la clémence de la politique Gany concernant la continuation de l'espèce vaincue, des articles, en somme, qui apportaient un démenti formel aux rumeurs alarmistes du temps de guerre au sujet d'éventuelles mesures de stérilisation, etc.

Il se sentait sûr de lui, euphorique, même, et quand un air de jazz lui vint aux lèvres, il en fut le premier étonné. Comment en était-il arrivé là? Bien sûr, ce devait être à cause de cette fille, cette Joan Hiashi, qu'il avait rencontrée le matin à l'*Olympus Hotel.* Fortuitement, il se demanda si elle avait pu atteindre les montagnes; dans l'affirmative, avait-elle été massacrée par les dingues de la détente dont Percy s'était entouré? Si oui, quel dommage! Car Gus ne l'avait pas oubliée dans ses projets.

A sept mille pieds de profondeur, la lanterne projeta sa lueur dansante sur l'intérieur d'une grotte aux dimensions impossibles à évaluer. Et comme il se laissait tomber, impatient de sentir le sol sous ses pieds, il discerna...

Des installations électroniques comme il n'en avait encore jamais vu. Des tonnes de composants et de conduits et de circuits imprimés et de piles à hélium et d'étranges objets cristallins à la fonction mystérieuse qui luisaient doucement dans la pénombre. Les jambes coupées, il s'adossa à la paroi de la caverne.

Si je comprends bien, ces boniments au sujet des nanas, c'était seulement pour nous inciter à retrousser nos manches pour creuser. Au cas où nous serions retombés dans la barbarie, au cas où nous aurions perdu tout intérêt pour la science. Ces psychologues des Nations Unies, ils nous ont bien possédés. Ils...

Une douleur fulgurante au cou. Un dard homotropique antipersonnel. Comme soudain sa conscience et ses genoux se dérobaient, il pria le ciel pour qu'il s'agisse d'une substance anesthésique et non d'une toxine métabolique destinée à provoquer un arrêt cardiaque. Il parvint à tourner la tête. L'Oncle Tom entra dans son champ de vision. Pourquoi cet abruti ne réagissait-il pas? Puis la révélation s'opéra en lui. C'était le Nig qui avait tiré! Un partisan de Percy X!

– Hey, Gus! beugla dans son casque la voix de Haller, tendue, en équilibre au bord de l'angoisse. Comment ça se fait que ton signal de détresse clignote? Que se passe-t-il?

Il clignote, songea Gus, très vaguement, *parce que je suis en train de m'éteindre.*

L'instant d'après, Haller, hurlant et tourbillonnant, dégringolait le long du conduit avec la grâce d'une poupée de chiffon désarticulée.

4

Lorsque le taxi atteignit la frontière septentionale de la plantation, son circuit articulatoire crachouilla exagérément et annonça :

– Ma licence ne me permet pas d'aller au delà. Ou je change de cap ou je vous dépose. Décidez-vous.

Joan Hiaschi montra les collines du doigt.

– C'est là-bas que je veux aller.

– Avancer, c'est reculer, dit le taxi.

Il vira pour suivre le périmètre de la plantation. Les collines s'éloignèrent.

– Compris, soupira Joan. Laissez-moi ici.

Le taxi se posa à plusieurs kilomètres des collines dans une sorte de no man's land marécageux que personne n'aurait eu l'idée de revendiquer. Joan mit pied à terre. Morose, elle regarda le véhicule décharger son matériel. Elle s'attendait plus ou moins à une tuile de ce genre, sinon elle n'aurait pas pris la précaution de chausser ses grandes bottes.

– Bonne chance, Miss.

Le taxi fit claquer sa portière et décolla. Elle le suivit du regard puis, lorsqu'il fut hors de vue, poussa un nouveau soupir en se demandant ce qui allait arriver ensuite.

Bien sûr, elle pouvait toujours décider de continuer à pied, mais son matériel était beaucoup trop lourd. Elle serait donc obligée de le laisser ici. Et dans ce cas, à quoi bon aller là-bas?

– Miss Hiashi? fit une petite voix.

Affolée, elle promena un regard circulaire, constata qu'elle était seule et comprit que la voix n'était autre que celle de son bonnet droit de soutien-gorge.

– Oui, dit-elle, agacée, quoi encore?

– Une petite erreur, reprit la voix. (Elle la reconnut aussitôt : C'était celle du maréchal Koli.) Au cours de votre briefing, j'ai omis de vous préciser que depuis sa dernière rencontre avec vous, votre ami Percy avait suivi un stage intensif au Centre de Recherche Psychédélique.

– Et alors?

Le ton du Gany ne lui plaisait pas. C'était le ton aseptisé qu'on utilise pour assener une mauvaise nouvelle.

– Percy X est télépathe, Miss Hiashi.

Joan se laissa tomber sur son sac. Longtemps, elle garda le silence. C'était dur à avaler.

– Que vais-je faire? dit-elle enfin. Attendre bien gentiment qu'il vienne me zigouiller? Si ça se trouve, à la seconde où je vous parle, il est en train de me sonder!

– Restez calme, Miss Hiashi, lui recommanda le ver d'une voix fébrile. Tout ce que vous avez à faire, c'est de régler votre soutien-gorge sur émission continue pour nous permettre de déterminer votre position. Nous arrivons.

– Pour quoi faire? s'écria-t-elle. Ramasser les restes?

Prise d'une rage soudaine, elle baissa le zip de sa

combinaison, arracha son soutien-gorge dont elle posa le bonnet droit sur une pierre. Elle leva une botte.

– Miss Hiashi, couina le soutien-gorge, écoutez-moi, je vous en supplie! Si...

Le talon de la botte lui coupa la parole. Avec un *crunch* très agréable à l'oreille, le fragile gadget se désintégra. Le soutien-gorge gisait, terrassé. La sensation de liberté descendit en elle comme une secousse. Toutes ces années de perversion docile annihilées en un bref instant de révolte... à moins qu'elle ne décide, en temps utile, de regagner les bonnes grâces des autorités. Mais le moment était mal choisi pour se laisser aller à de telles pensées. Avec Percy qui rôdait...

Un bruit de moteur lui fit lever les yeux. Sa gorge se serra.

Dans un fracas assourdissant, un autre véhicule ionosphétique, encore plus délabré – si possible – que le précédent, s'approchait en rasant la cime des arbres. Il effectua un atterrissage cahotique et s'immobilisa à quelques mètres d'elle. Sa porte rouillée coulissa à demi, resta coincée, frissonna, puis, dans un ultime effort, s'ouvrit à fond, révélant une cabine vétuste qui ne semblait pas avoir beaucoup servi malgré son âge avancé.

– C'est Percy qui vous envoie? demanda-t-elle. (Son cœur cognait contre sa poitrine.)

– Je suis indépendant, répondit le taxi d'une voix nasillarde. Je n'appartiens à aucune compagnie, comme c'est l'usage dans le Nord. Je fais ce que je veux. Pour vingt dollars ONU, je vous conduis chez les Nigs. Je vous suis depuis un moment, figurez-vous. Je me doutais que cette ferraille pervertie vous laisserait tomber. Ils sont d'un trouillard!

– On ne risque rien en voyageant avec vous? demanda-t-elle, circonspecte.

– Promis. L'Oncle Tom que je me suis offert avec mes économies est un mécanicien de première. C'est tout ce qu'il y a de légal, s'empressa-t-il d'ajouter. Depuis la guerre, les machines homéostatiques de première catégorie ont le droit de posséder un Oncle Tom. La plupart d'entre elles sont simplement trop niaises pour comprendre l'importance d'un tel investissement. Allez-y, Miss. Montez.

S'aidant des pieds et des mains, elle se hissa à bord. Avec force grincements suspects, le taxi chargea son matériel dans le coffre. Joan remonta son zip et comme ils prenaient de l'altitude, se refit une beauté en prévision de sa rencontre avec le chef des derniers bastions de la résistance terrestre.

– Ecoutez, dit le taxi, ne soyez donc pas si nerveuse. Je passe mon temps à amener des gens dans les montagnes. J'ai le monopole, vous comprenez. C'est comme ça que je fais mon beurre. Sur des trajets normaux, je ne serais pas compétitif. Je pue trop, si vous voyez ce que je veux dire. Un jour, un passager m'a même dit que je sentais la pisse de chat. C'est vrai, ou bien essayait-il de me donner des complexes? Dites-moi la vérité.

– Il essayait de saper votre amour-propre, fit-elle sans rougir. Un névrosé, sans doute.

– Mes clients sont presque tous des Nigs qui veulent rejoindre la résistance. Ils viennent des quatre coins du continent Nord-Américain. Des quatre coins du monde, même. Mais vous êtes blanche; enfin, vous n'êtes pas ce qu'on appelle une fille de couleur. Tâchez d'avoir à l'œil ses gardes du corps, surtout le dénommé Lincoln. Il pourrait bien vous trouer la peau avant que vous n'ayez eu le temps de dire ouf. Joli matériel d'enregistrement que vous avez là.

– J'ai l'intention de ramener des documents musicaux sur la résistance Nig.

– Vous êtes dans le show-biz? Chantez-moi donc un air de jazz, histoire de passer le temps.

– Je ne sais pas chanter.

– *How high the moon,* vous connaissez?

Elle émit un grognement affirmatif.

– C'est mon morceau préféré, reprit le taxi avec entrain. Vous vous souvenez de la manière dont le chantait June Christy, en 1950? (Tout en maintenant le cap sur les collines, il se mit à fredonner avec une sincérité furtive. Puis ils furent à la verticale de leur destination et le taxi cessa brusquement de chanter pour déclarer d'une voix rogue :) Aboulez les vingt dollars tout de suite. Avant qu'ils ne vous descendent.

A peine avait-elle inséré les billets dans la fente appropriée que le taxi piquait du nez et fonçait vers le sol en vrilles serrées. Joan en eut le cœur au bord des lèvres.

– Mon circuit d'atterrissage est gommé, s'excusa le véhicule. (Il s'abattit lourdement sur le sol inégal, rebondit, s'immobilisa en tressautant.) Désolé, vraiment. Si vous insistez, je vous rembourse un dollar...

– Gardez tout.

Sans attendre l'ouverture automatique de la portière, Joan se jeta sur la poignée et sauta dehors.

Pour se trouver nez à nez avec deux jeunes partisans vêtus de kaki et chaussés de bottes, l'arme automatique au ceinturon. Aucun des deux ne souriait. Le taxi déchargea son matériel avec une hâte indécente et décolla à la vitesse grand V. Elle le regarda s'éloigner dans la direction d'où ils étaient venus.

– Vise un peu, dit un Nig à l'autre sur le ton de la conversation. Une oie blanche. Qu'est-ce que t'en dis, mec.

– C'est-y pas mignon, rétorqua l'autre, l'œil égrillard.

– Alors, poulette, petite ou grande secousse? s'enquit plaisamment le premier.

Son compagnon le gratifia d'une bourrade méprisante.

– La touche pas, mec. Elle te filerait les microbes des Blancs. Garanti.

– Pouvez-vous me conduire à Percy X? demanda Joan.

Peine perdue. Ils continuèrent à discuter entre eux comme si elle n'avait pas ouvert la bouche.

– En fin de compte, je vois pas à quoi pourrait nous servir cette pervertie.

– Elle nous apporte des cadeaux. Reluque-moi ce matériel hyper-sophistiqué. Voilà qui devrait nous être utile.

– Admettons. Mais la gonzesse, on n'en a rien à faire.

Celui qui venait de parler toisa Joan Hiashi.

– Navré, mon ange. Ni repas du condamné, ni bandeau, ni rien. On n'a pas de temps à consacrer aux petites douceurs.

Terrifiée, sans voix, elle le vit épauler son fusil laser et mettre en joue le milieu de son front. L'autre se mit à psalmodier.

– Ça vient, poulette, ça vient!

Quand Gus Swenesgard reprit conscience, la première chose que rencontra son regard embrumé fut un œil glauque et fendu, serti comme un éclat dans la masse molle d'une tête Gany.

Ce doit être un cauchemar, songea-t-il confusément. Il se frotta les yeux et battit des paupières.

Ce n'était pas un cauchemar.

Il regarda autour de lui. Il était allongé non loin du trou que son équipe d'Oncles Toms pourris, plus rénégats les uns que les autres, avait creusé. La nuit était tombée. Sous le pâle reflet de la lune, la ribambelle de créatures attentives qui entouraient le maréchal produisait un effet hallucinant. *Comment m'ont-ils remonté?* se demanda Gus. *C'est bien simple : ils sont capables de tout. Voilà pourquoi ils ont gagné. Voilà pourquoi ils sont ici.*

– Vous ne m'inspirez aucune pitié, monsieur Swenesgard, dit Koli de sa voix sifflante. Voulez-vous que je vous dise? Vous êtes fichu, liquidé. Il eût mieux valu pour vous que vous trouviez la mort au fond de ce puits, comme votre contremaître. Il est facile de deviner ce que vous aviez l'intention de faire. Transgressant les décrets légaux des Autorités d'Occupation, vous étiez à la recherche de caches d'armes laissées par les forces vaincues de vos Nations Unies.

– Non, marmonna Gus d'une voix pâteuse. C'était pas des armes; c'était pas des armes que je cherchais...

– Alors quoi? tonna le maréchal Koli.

Mu par une brève impulsion, Gus faillit tout lui dire. Mais à quoi bon? Jamais il ne le croirait.

– N'insistez pas, geignit-il. Mais sur la tête de ma mère, je vous jure que je ne me battrai jamais contre vous les armes à la main. Je ne suis pas fou!

– Je me moque de vos sermons! aboya le maréchal. *Ces armes sont maintenant entre les mains des partisans Nigs!* Nous avions déjà du mal à les tenir, à présent ils vont devenir insupportables! Vous et cette Joan Hiashi n'êtes que de dangereux agitateurs. Le châtiment prévu est la peine de mort. Bien entendu, la sentence est exécutable sur-le-champ!

Le maréchal émit un claquement de langue impérieux. A ce signal, un énorme larb, qu'on aurait cru dépourvu de la moindre étincelle d'intelligence, enveloppa Gus dans une étreinte de fer et l'entraîna vers le vaisseau tout proche.

Une fois à l'intérieur, le prisonnier se vit jeter sans ménagement dans un fauteuil trop rembourré que l'Occupant avait déniché Dieu sait où et sur lequel il avait fait main basse.

Il suait à grosses gouttes, mais curieusement, il se rendit compte qu'il n'avait pas perdu tout espoir. Il extirpa de sa poche son mouchoir géant et s'essuya le front d'une main mal assurée.

– Essayez de comprendre, Koli. Je voulais vous en faire la surprise, mais je projette – je projetais – de lancer une offensive militaire contre les bastions Nigs. Si je déterrais ces fourbis, c'était pour en faire usage contre Percy X. Sur la tête de ma mère, je vous jure que c'est la vérité. En fait, je tenais à mettre moi-même la main sur ce salopard afin de vous l'amener pieds et poings liés. Le problème avec vous, c'est que vous ne savez pas reconnaître vos amis.

– Miss Hiashi nous a déjà tenu un discours semblable, répliqua Koli, mordant. Elle se disait notre amie, pourtant elle a rompu tout contact avec nous. A l'heure qu'il est, elle a dû gagner les zones de résistance en emportant dans ses bagages de précieux renseignements sur nos opérations dans la région.

– Comme ça, la petite Japonaise travaillait pour vous?

L'espace d'un instant, en pleine déroute, Gus chercha désespérément quelque chose à dire. Une partie de lui-même réfléchissait à toute allure. Du coin de l'œil, il vit trois larbs en train d'assembler une espèce de machine. Une intuition terrifiante le frappa. Cette machine lui était familière. Il avait déjà vu des photographies d'engins semblables : les vers s'en servaient pour écorcher vives leurs victimes, le plus lentement possible pour ne pas léser la peau. A nouveau, il se passa le mouchoir sur la figure.

Bientôt, songea-t-il, *mes mains seront entravées et je ne pourrais même plus m'essuyer. Et ma peau – mon trophée, comme ils disent – prendra place dans la collection de Koli.*

– Ce n'est pas après moi que vous en avez! cria-t-il tandis qu'on roulait vers lui la machine. Moi, je ne compte pas. L'ennemi numéro un, c'est Percy, non? C'est lui, et lui seul qui vous empêche de dormir!

– Puisqu'il refuse de se laisser prendre, il faudra bien que je me contente du menu fretin, riposta Koli. (D'un claquement de langue, il ordonna aux larbs de maintenir Gus.)

– Ecoutez, fit celui-ci d'une voix étranglée. Rien ne vous empêche d'être plus ambitieux. Vous voulez Percy? Ça peut s'arranger. Moi, je peux vous conduire à lui.

Le Gany fit signe à ses sbires de relâcher un tant soit peu le prisonnier.

– Et comment comptez-vous réaliser cette prouesse?

– Pendant que la petite citron était dans mon hôtel, je me suis permis de lui tapoter la tête.

– Gardez vos cochonneries pour vous, monsieur Swenesgard!

– Mais vous ne comprenez donc pas? Je lui ai collé dans les cheveux un mini-émetteur adhésif. Voilà!

Un long silence s'ensuivit, mis à profit par le maréchal pour imaginer une fois de plus l'effet que produirait sur son mur la dépouille de Percy.

– C'est bon, dit-il enfin. Laissez-le.

Vautré sur son lit défait dans le palace démantibulé de Gus Swenesgard, le Dr Paul Rivers suait lui aussi à grosses gouttes.

Théoriquement, avec la tombée de la nuit s'installait une relative fraîcheur, surtout en automne. En réalité, c'était plutôt le contraire.

Il se leva et déambula vers la fenêtre. Il promena sur les lointaines montagnes un regard morose. Là-bas se cachait Percy X, dernier symbole de la grandeur humaine. Et avec lui, Joan Hiashi, l'espionne pervertie. *Si seulement je pouvais le prévenir,* songea-t-il. *Si seulement il existait un moyen d'entrer en contact avec lui!* Et comme si cela pouvait servir à quelque chose, il ouvrit la fenêtre. Le chant interminable des criquets emplit la chambre, ainsi que les relents de décomposition suspendus au-dessus de la petite agglomération sudiste. Il faisait aussi chaud et moite dehors que dedans.

Il tendit l'oreille. Quelque part, une télé ou un transistor diffusait de la musique.

D'un seul coup, un souvenir enfoui remonta à la

surface de sa mémoire. Percy X n'était-il pas télépathe? Mais si! Le renseignement figurait dans le dossier qu'on lui avait montré au cours de son briefing : Percy X, sorti bien placé de l'Ecole du Centre de Recherches Psychédéliques. Autrement dit, où qu'il fût, on pouvait le joindre! A condition, malheureusement, d'être soi-même télépathe. Ce n'était pas le cas de Paul Rivers.

A moins que...

Fébrilement, il chercha son vidphone et composa le numéro de l'Association Mondiale de Psychiatrie, son employeur. Peu après, il était en liaison avec le Dr Ed. Newkom, spécialiste des communications à la renommée mondiale.

– Il s'agit d'une affaire de la plus haute importance, Ed, annonça-t-il. Je voudrais emprunter un amplificateur de pensée pour une semaine ou deux. (Parfois, en effet, le dispositif mis au point par Newkom pouvait faire office de survolteur télépathique artificiel – avec une portée limitée, bien sûr.) Mais je ne peux pas venir le chercher, reprit Rivers. Tu vas être obligé de me l'amener. (En peu de mots, il lui expliqua où il se trouvait.)

– Entendu, répondit Newkom, mais je me méfie des moyens de transport réguliers. (Après un silence, il ajouta :) Je tiens à te remettre l'appareil en main propre. Avec un peu de chance, je serai là-bas demain matin.

– Merci, Ed. (Rivers se sentait soulagé.) Mets-le sur le compte de l'Association.

– Pas question. Depuis que j'ai lu ton article sur la propagation de la psychose de groupe, j'ai envie de te voir à l'œuvre. Mettons qu'il s'agisse d'un voyage de formation.

Après avoir coupé la communication, Paul Rivers

retourna s'asseoir sur le lit dans un état voisin de l'euphorie.

Je suis peut-être cloué ici, pensait-il, *mais si tout se passe comme je l'espère, mes pensées s'envoleront vers lui!*

Par la baie du salon principal du vaisseau, Mekkis regardait la planète Terre grossir à vue d'œil. *La voilà,* murmura-t-il, *ma province. Le Tennesse!*

Ce qui était une façon de parler, puisque la partie méridionale du continent Nord-Américain disparaissait sous les formations nuageuses. Mais l'imagination, elle, ne connaît pas d'obstacle.

Il commanda une autre consommation, puis, avant de se mettre à laper, saisi d'une inspiration soudaine, lança à son escadron de larbs :

– Un toast, comme on dit sur Terre. Un toast au nouvel empereur du Tennesse, Percy X!

– Oui, oui, un toast! reprirent en chœur les larbs. (Mais seul Mekkis but.)

5

Assise à même le sol, le dos contre la paroi de la grotte, Joan Hiashi ne quitttait pas des yeux le Nègre gigantesque. Accroupi non loin d'elle, il faisait frire des poissons sur un petit réchaud électrique.

– Percy? murmura-t-elle.

– Oui, répondit, sans la regarder, le chef des partisans. (Il était tout à sa friture.)

– Pourquoi l'as-tu empêché de m'abattre?

– Pour une foule de raisons qui n'ont aucune importance, répondit-il sur un ton bourru. On a étudié le bouddhisme, tous les deux. Bouddha nous a appris à respecter la vie. Le Christ raconte plus ou moins les mêmes salades. Tous ces pacifistes de mes fesses sont d'accord. Qui suis-je, je te le demande, pour leur faire la leçon?

Cette voix lourde de sarcasmes... Ce n'était pas ainsi qu'il parlait, à l'époque où ils se destinaient à devenir les apôtres de leur foi respective. Il avait changé. Normal. Elle aussi avait changé.

– Aujourd'hui, je sais que les choses ne sont pas aussi simples, reprit-il. (Il retourna le poisson.) Nous vivons dans un univers régi par le meurtre. On ne peut plus se permettre de rester le cul entre deux chaises. Il faut choisir son camp, en attendant l'avènement du meilleur des mondes. Impossible de rester à l'écart, mon chou. Ils ne te ficheront pas la paix!

– Ecoute, je me doute de ce que tu as dû endurer...

– Tu ne te doutes de rien du tout! coupa-t-il avec violence. Moi, par contre, je sais tout de toi. Je sais de combien de vers tu as léché les bottes; je peux faire le compte de tes mensonges; je sais qu'en venant ici, tu avais l'intention de me livrer au gouverneur militaire Gany. Je lis en toi comme dans un livre ouvert. C'est ma malédiction, figure-toi. Je sais tout. Personne ne peut me mentir.

– Puisque tu es au courant, dit-elle lentement, alors tu dois aussi savoir pourquoi j'en suis arrivée là. Tu dois savoir que je ne pouvais pas faire autrement. Par conséquent, rien ne t'empêche de me pardonner.

– Mais bien sûr, trésor. Percy t'a déjà pardonné.

Tout, sauf un truc. Et ce truc-là, Percy ne pourra jamais te le pardonner.

– Qu'est-ce que c'est?

– Le fait que tu sois encore vivante, trésor, dit-il, les yeux sur la poêle.

Après avoir mangé le poisson, ils firent l'amour sur le sable tiède et moelleux qui tapissait le sol de la grotte. Après avoir fait l'amour, Joan, essoufflée, songea qu'il était bien agréable d'être blottie dans les bras d'un homme qui n'avait jamais rampé devant personne. Depuis le temps, elle avait oublié à quoi cela pouvait ressembler.

– Crois-tu qu'au fond de moi, c'est la raison pour laquelle je suis venue? demanda-t-elle en jouant distraitement avec les cheveux longs et drus de Percy.

– Sais pas. Je lis en toi, d'accord, mais ce n'est pas une raison pour te fabriquer des excuses.

Elle s'écarta d'un brusque coup de reins, furieuse, désemparée.

– Que se passe-t-il, petite pervertie? gronda-t-il. Aurais-tu oublié qu'il était normal d'aimer ses ennemis?

– Cesse donc de m'envoyer des bondieuseries à la figure! *(Tout de même,* songea-t-elle, *quelle gueule il aurait à la télé.)* Quel show, si toutefois elle pouvait se rapapilloter avec le Bureau de Contrôle Gany. D'un coup, prise de panique, elle se rappela que Percy ne perdait pas une miette de ce qui lui traversait l'esprit. Mais comment faire pour ne pas penser à quelque chose? On chasse un truc et il revient au galop!

– Qui a trahi, trahira, pas vrai? murmura-t-il, en la disséquant de son regard intense, brûlant.

– Non! C'est faux.

– N'essaye pas de me mentir.

Il sauta sur ses pieds. Il la dominait de toute sa hauteur, aussi noir et farouche qu'un taureau dans l'arène, puis se mit à aller et venir sans cesse et sans bruit dans la grotte. Sa voix s'éleva soudain, basse, monotone. Il s'arrêtait de temps à autre pour trancher l'air d'un bras péremptoire, brandir le poing ou pointer sur elle un index menaçant.

– Qu'évoque le mot « Nig » pour une petite pervertie comme moi? Une race ou une religion?

– Une race.

– Erreur! C'est une religion. C'est comme d'être juif. Ou blanc. Parce qu'être blanc, c'est aussi une religion. La religion blanche, je peux même te la définir d'un mot.

– Lequel? fit-elle, agressive.

– Hypocrisie.

Il se tut, pour lui laisser le temps d'encaisser ou attendre une réponse. Mais rien ne vint.

– Et alors, pervertie, tu as perdu ta langue? Je te traite d'hypocrite et tu ne réagis pas?

Il se pencha et ramassa sur le sol son arbalète. Il mit en joue la tête de la jeune femme.

– Tu m'abattrais? dit-elle. De sang-froid?

– Je t'ai sauvé la vie. A présent, cette vie m'appartient. Je peux en user comme je l'entends. Vu?

– Percy, je suis venue ici avec des intentions pacifiques. Tout ce que je demande, c'est que tu me laisses enregistrer quelques hymnes partisans pour...

– Des chansons, hein? Des chansons, j'en connais pas, fit-il sèchement.

– Tu as pensé à la pub que ça vous ferait, si je pouvais offrir à mes téléspectateurs un échantillon de votre musique?

– Des chansons, j'en connais pas! (L'arbalète décrivit un furieux arc de cercle.) Je l'ai regardé, ton show, et sais-tu ce que j'en pense? (Il cracha dans la poussière.) C'est du jazz blanc que tu leur donnes en pâture, et c'est zéro, tu comprends? Zéro! Des bruits vides de sens, du chiqué! Tu ne crois pas une seconde à cette musique, n'est-ce pas? Et tu n'éprouves que mépris pour les crétins qui aiment ça et mépris pour toi qui leur en propose!

– Il faut bien vivre, fit-elle d'une voix tendue.

– Je me demande ce qui me retient de te descendre. Ce serait un service à te rendre. Bon Dieu! Plutôt crever que de vivre dans la peau d'une chiffe molle comme toi! (Mais il ne mettrait pas sa menace à exécution et il savait pourquoi. Il commençait à prendre du plaisir à la torturer en utilisant son pouvoir pour fouiller les plus secrètes anfractuosités de son cerveau, là où elle-même n'osait jamais s'aventurer.) La gratitude, reprit-il, ce doit être ça. J'éprouve à l'égard de tes semblables une gratitude poignante et pathétique pour tout ce qu'ils ont fait pour les miens au cours des siècles. En nous maintenant à l'écart, vous nous avez empêchés de devenir à votre image. Merci, petite Blanche pervertie. Merci! Mer...

– Vas-tu enfin la boucler? s'écria-t-elle.

– Oh? On se rebiffe? On a donc un petit quelque chose dans le ventre? Qui sait? Tu as peut-être une goutte de sang nègre dans les veines, petite pervertie. Ecoute, j'ai une proposition à te faire. Je te donne une chance de te joindre à nous. Je te donne une chance de cesser de mentir et de ramper. Je te donne une chance de reprendre forme humaine. Ça te va?

– Je ne sais pas.

– Bravo! Elle ne sait pas. Mais je suis disposé à t'aider, idiote! Je suis disposé à consacrer un peu de mon précieux temps et de mon infinie patience à ton éducation, dans l'espoir qu'il subsiste en toi, sous toute cette bouillie blanche que tu oses appeler « personnalité », un vestige d'authentique couleur. Je sais ce qu'ils t'ont appris. Crois-tu que j'ignore ce qu'ils t'ont fait subir? Ils t'ont dressée comme ils font de leurs chats ou de leurs chiens. Ils t'ont appris à dire « merci » quand quelqu'un qui avait les poches bourrées de fric, celui de l'ONU ou celui de l'Occupant, te marchait sur la figure. Je me doute de ce que tu ressens : dégoût, impuissance, désarroi. Pas étonnant que tu sois contrainte d'amasser autant d'argent pour contraindre les gens à t'aimer; pas étonnant que tu aies besoin de toute cette pub pour te prouver à tes yeux ta propre existence. Ecoute, je vais te coller une arme entre les mains pour te donner une chance de faire un carton sur les sagouins blancs qui t'ont rendue ainsi. Tiens!

Il referma les doigts réticents autour de l'arbalète puis recula pour contempler son œuvre, un large sourire aux lèvres.

Joan abaissa les yeux sur l'arme.

– Et si je la retournais contre toi? dit-elle à mi-voix.

– T'as pas assez de cran. (Mais sans doute perçut-il, dissimulée dans un obscur repli de la conscience de Joan, une étincelle suspecte, car aussi vite qu'il lui avait donné l'arbalète, il la lui arrachait des mains.) Lincoln! hurla-t-il.

Son lieutenant se matérialisa aussitôt. La jeune femme comprit qu'il avait tout vu, tout entendu.

– Lincoln, ôte cette pervertie de ma vue! Si je

l'aperçois encore, je serais capable de l'écraser sous mon talon.

Décontenancée, Joan se laissa entraîner hors de la grotte.

– Quelle mouche le pique? demanda-t-elle. Il a ses nerfs ou quoi?

Lincoln gloussa doucement.

– Et ton intuition féminine, fillette? Il y a des années que Percy trimbale ta photo dans son portefeuille. Elle ne l'a pas quittée depuis que je le connais. T'es rien d'autre que sa petite fiancée perdue. Et retrouvée dans la peau d'une pervertie! Une pervertie *incurable,* qui plus est. Si tu ne trouves pas ça crevant, c'est que tu n'as pas une once d'humour.

Le maréchal Koli, gouverneur militaire de la province du Tennessee, considéra tour à tour les membres de son état-major.

– Comme vous le savez déjà, proclama-t-il d'une voix forte, depuis des mois nous œuvrons à la mise au point d'un procédé qui nous permettrait de prendre vivant le chef des partisans Nigs, Percy X. A cette fin, nous avons également infiltré au sein de la Résistance des agents qui nous renseignent dans une certaine mesure sur les déplacements de l'homme en question.

Sa langue cingla en direction d'une carte à grande échelle des collines rebelles, dernier bastion des survivants des tribus indiennes et de la Résistance Nig.

Sur la carte, un point lumineux fixe représentait la position approximative de Percy X.

– L'opération, reprit le maréchal, a reçu le nom d'Opération Crottes de Bique, idiome terrien désignant une tâche désagréable. Or, tout ceci est fort désagréable, car cela dure depuis trop longtemps. (Cela dit, le maréchal se redressa jusqu'à être en équilibre sur le bout de sa queue, de façon à ce que tous, frappés par sa hauteur de vue, fussent pénétrés à l'avance par la gravité des paroles qu'il s'apprêtait à laisser choir de sa position dominante.) L'Opération Crottes de Bique atteindra sa phase ultime à 23 heures, heure du Tennessee. Silencieusement largués à l'aide de tubes individuels à air pulsé, nos commandos d'élite encercleront le lieu où se terre l'insoumis. (L'espace d'un instant, le maréchal garda un silence recueilli. Puis :) Voici venu le moment que je n'ai cessé d'appeler de mes vœux depuis que je suis arrivé ici en qualité d'Administrateur Militaire. A 23 heures, chacune des opérations tactiques que nous avons soigneusement combinées à l'avance prendra effet. Ensuite... (Comme pourvue d'une volonté propre, sa langue devint la proie d'une agitation extrême.) Ou Percy sera notre prisonnier ou il ne le sera pas. Quoi qu'il en soit, c'est notre dernière chance. Pour ce qui concerne la juridiction militaire de cette province, naturellement, se hâta-t-il d'ajouter : Mon successeur civil ne m'a pas informé de ses projets. (*Par contre,* pensa-t-il, *grâce aux pervertis que j'ai infiltrés parmi ses militants, j'en connais un rayon sur Percy, même si ses facultés télépathiques ont empêché mes agents de l'approcher d'assez près pour lui régler son compte ou même pour espionner les réunions de son conseil restreint.)*

Sa langue sauta sur le bouton de mise en marche du servo-projecteur installé sur son bureau. Une image couleur en 3 D de Percy X, prise à la caméra télescopique, apparut sur le mur du fond. A l'abri, croyait-il, des regards indiscrets, Percy discutait à bâtons rompus avec ses proches lieutenants.

– Les Terriens ont tous plus ou moins la même tête, dit Koli, mais vous remarquerez le menton volontaire de ce spécimen, son large sourire empreint de fierté et de fougue. Il s'agit là d'un Terrien indubitablement supérieur. (*Le dernier à s'avouer vaincu,* pensa-t-il. *Il suffit d'examiner ce visage avec attention pour en comprendre la raison.)* Afin d'assurer le succès de l'opération Crottes de Bique, reprit-il à haute voix, afin que cette seule et unique chance ne nous échappe pas et que portent leurs fruits nos laborieux efforts, je suis disposé à offrir une récompense.

Tous les yeux convergèrent sur lui. Aucun ne cillait.

– Dans un élan d'incalculable générosité, je suis prêt à offrir dix mille tulebs – nets d'impôts – pour le larb qui effectuera la capture. (Satisfait, il vit se peindre sur tous les visages l'expression de servilité attendue... de convoitise, aussi et de détermination impitoyable... et comprit qu'après tant de faux départs, il avait enfin fait un pas dans la bonne direction. Cet exploit, il le devait à la lecture des manuels de psychologie terrienne : l'art d'utiliser la carotte et le bâton.) Dites bien à vos subordonnés, continua-t-il d'une voix tonnante, qu'en cas d'échec, ils seront tous cassés! Savez-vous bien ce que cela veut dire, vous autres avachis dans vos niches douillettes, que d'être cassé? (Menaçant, il ondula dans leur direction, les scrutant tour à tour avec une implacable férocité.)

Ils acquiescèrent comme un seul ver. Tous les galonnés Gany avaient entendu parler de ces procédures expéditives au terme desquelles, après une parodie de jugement, on était condamné à payer une amende exorbitante et à deux siècles d'exil sur un caillou sans atmosphère de la ceinture des astéroïdes.

D'un autre côté, il y avait l'appât du gain. *Construire sous leurs fesses une pile atomique proche de la masse critique,* décréta Koli en son for intérieur, *tout en leur promenant sous le nez un narcotique ou, mieux encore, de l'oseille (expression terrienne) : ils feront n'importe quoi. D'ailleurs...*

Ma situation n'est pas tellement plus enviable, pensa-t-il tout à coup, *depuis que je me suis rendu compte que cette prétendue « pervertie », cette Joan Hiashi, jouait double jeu depuis le début.* Et s'il se révélait qu'en dépit de son propre pouvoir télépathique, il s'était fait posséder (autre expression indigène) par une simple femelle terrienne? Il ne voyait pas encore très bien comment il avait pu en arriver là, mais il avait acquis une certitude : c'était une chose de pouvoir lire dans un esprit et une autre de le comprendre, surtout si cet esprit était celui d'un membre d'une autre espèce.

Au point où nous en sommes, victime de la grossière habileté de Gus Swenesgard, Joan Hiashi devrait me conduire à son insu à Percy X. Sinon, c'est elle qui se sera servi de moi.

– L'Opération se déroulera suivant le schéma dont nous n'avons eu qu'à nous féliciter partout ailleurs, déclara-t-il. Primo, lancer de missiles homotropiques du calibre fléchette à partir d'un satellite. Attention, ces fléchettes ne sont pas meurtrières; elles se contentent d'endormir le sujet. Ensuite, quand les partisans auront été neutralisés... (Il continua de débiter son laïus d'un ton las et monotone qui se raffermit sur la fin.) En conclusion, retenez bien ceci : la peau de Percy X doit être absolument intacte. Je ne veux ni brûlure, ni contusion, ni coupure, ni ecchymose. Pas le moindre petit bobo, est-ce clair? Les plus hautes considérations esthétiques sont en jeu. Le succès de cette opération va au-delà de simples intérêts politiques et militaires. Il s'agit aussi, je dirais même avant tout, d'une chasse au trésor artistique.

La température était tombée. Un brouillard froid et humide enveloppait les collines, estompant les hautes silhouettes des arbres. Mais pour les partisans, un feu de camp était un luxe impossible. En dépit de l'épaisse couverture nuageuse, les détecteurs Gany, d'une extrême sensibilité, auraient vite fait de le dépister. Alors, pelotonnés les uns contre les autres, membres entremêlés sous la mince épaisseur des couvertures ou des sacs de couchage usés jusqu'à la corde, ils devisaient à voix basse ou sommeillaient, bien que la plupart d'entre eux se fussent habitués à dormir toute la journée afin de rester aux aguets l'obscurité venue.

Perdus au milieu de cet enchevêtrement de corps, Joan Hiashi et Percy X partageaient un manteau taillé pour un géant.

– Il faut la menace d'un danger mortel pour que les hommes en viennent à se toucher, murmura Percy. Mais alors, quel réconfort! Je ne connais rien de meilleur. Depuis toujours, les hommes ont peur les uns des autres. Ils préfèrent s'identifier à de purs esprits, ou à des cerveaux qui auraient triomphé de la matière. Il leur répugne de devoir se considérer comme une horde d'animaux cherchant la chaleur dans le contact d'autres corps. Toute ma reconnaissance aux Gany pour nous avoir...

– Bon Dieu, qu'il fait froid, marmonna Joan en claquant des dents.

– Estime-toi heureuse d'avoir froid. Au moins, tu ressens *quelque chose.*

Soudain, jailli d'on ne savait quelle poitrine, un chant s'éleva.

– Et les détecteurs de son? chuchota la jeune femme, inquiète.

– Le vent s'est levé, dit Percy. Sans compter qu'avec le chant des oiseaux, les cris, grognements et clameurs de toutes sortes produits par les autres animaux, il leur est presque impossible d'isoler les sons.

Une autre voix se joignit à la première, puis une troisième, puis une quatrième. Joan n'avait jamais rien entendu d'aussi émouvant. On eût dit une longue et sourde plainte qui montait, montait, puis dégringolait toute la gamme sans louper une octave. Et là-dessous, comme le battement d'un cœur unique, une suggestion de rythme plutôt qu'un rythme proprement dit. La mélodie semblait improvisée, chaque voix se mêlant au chœur ou se taisant à son gré.

Des hommes de plus en plus nombreux se mirent à chanter. Le tempo s'accentua. Certains battaient même la mesure en se frappant les cuisses. Joan sentit sa gorge se serrer. Son esprit s'insurgeait, mais emportée par la magie de la musique comme un fétu de paille au fil du torrent, sa résistance finit par s'éparpiller en éclats dérisoires.

– Ne te gêne pas, dit Percy avec douceur. Tu peux l'enregistrer. (Il savait donc que sa montre-bracelet n'était autre qu'un micromagnétophone.) Je te laisserai emporter la bande. Après tout, ce n'est pas plus mal. (Il semblait ému, lui aussi.) Si les vers parviennent à nous exterminer, il restera au moins ce témoignage pour donner mauvaise conscience aux gens de ton espèce et leur rappeler ce que c'était que d'être un homme debout.

Dans un geste de tendre abandon, il lui caressa les cheveux... et se figea. Ses doigts venaient de se refermer sur un petit objet dissimulé dans l'épaisseur de la chevelure. Un petit objet rond et métallique.

– Aïe! cria-t-elle comme il l'arrachait d'une secousse.

Sans perdre un instant, il examina sa prise à la lueur d'une allumette.

– Un émetteur, siffla-t-il entre ses dents. (Il lança l'objet au loin puis, se levant d'un bond, hurla :) Debout, vite! Dispersez-vous. Cette maudite pervertie était microtée. Si ça se trouve, nous sommes déjà encerclés!

En un clin d'œil, ils s'égaillèrent dans la forêt, l'arme au poing.

Glissant, trébuchant, Joan s'efforça de suivre Percy.

– Ne me laisse pas seule! haleta-t-elle. Attends!

Une lueur naquit dans le ciel, ténue, comme une étoile filante, mais infiniment plus proche.

– Percy, attention! cria la jeune femme.

L'étoile était une flèche à tête chercheuse qui fondait à une vitesse affolante sur sa cible désignée.

Lincoln épaula son fusil laser. Avec une adresse qui trahissait l'automatisme de ses réflexes, il désintégra la flèche.

– Là, une autre! s'exclama Percy. Sur la droite. (Il ne semblait pas le moins du monde effrayé; simplement, il parlait plus vite et d'une voix plus stridente.) Encore une autre! Elles sont trop proches, beaucoup trop proches. Nous ne pourrons les avoir toutes!

Il prononça ces mots avec une sorte de détachement tranquille où l'on aurait en vain cherché la moindre trace de désespoir. Il était trop tard pour se laisser aller à ce sentiment, trop tard même pour baisser les bras. Percy et Lincoln firent feu presque simultanément et recommencèrent, mais la pluie de projectiles descendait toujours, imperturbable. Une arme Gany, songea brusquement Joan Hiashi. Elle avait fait ses preuves pendant la guerre. *Cupidon,* c'est ainsi qu'on l'avait baptisée. A lui seul, *Cupidon* avait éliminé un nombre impressionnant de techniciens terriens de grande envergure et de chefs militaires.

Percy mit un genou en terre. En toute hâte, il dénoua la courroie qui lui ceignait le mollet, libérant un petit paquet. D'un mouvement brusque, il le frotta contre le sol raboteux : un éclair jaillit et le dispositif s'enflamma. Un nuage d'une densité étouffante s'épanouit en corolles obscurcissant le ciel.

Ces vapeurs n'auraient aucun effet contre les traits de *Cupidon,* mais leurs tropismes seraient abolis. Privés d'un axe déterminé, ils frapperaient au hasard. Sauf si l'un ou plusieurs d'entre eux avaient déjà franchi le stade où le tropisme avait décidé de leurs trajectoires.

Pour Lincoln, il était trop tard. Joan perçut son cri dans les ténèbres et le bruit de sa chute. Puis ce fut au tour de Percy de pousser une brève clameur étranglée avant de s'écrouler dans l'herbe. Aucune flèche n'ayant été réglée sur l'indice céphalique de Joan, elle n'avait rien à craindre – à condition toutefois de ne pas être touchée par celles qui continuaient de tomber à l'aveuglette. A tâtons, elle se glissa vers l'endroit d'où lui était parvenu le dernier cri de Percy. *Tout est de ma faute,* se répétait-elle, *tout est de ma faute...*

Mais le temps manquait pour dorloter sa mauvaise conscience. Avec une vigueur dont elle ne se serait pas crue capable, elle souleva à demi le corps et le traîna sur plusieurs mètres. Haletante, les genoux flageolants, elle descendit un petit versant, se prenant les pieds dans l'herbe, butant contre les roches saillantes ou trébuchant sur des graviers, sans bien savoir où elle allait, mais persuadée qu'il n'y avait pas un instant à perdre. On n'y voyait pas à deux mètres. Chancelante, au bord des larmes, elle avançait aussi vite qu'elle pouvait compte tenu de l'énorme poids de l'homme endormi. Joan savait à quoi s'en tenir sur *Cupidon :* ces flèches ne contenaient généralement pas de charges toxiques; réconfortée par cette pensée, elle allait au hasard.

Quelque chose bougea, droit devant. Une haute silhouette s'approcha. *Un partisan!* D'une voix saccadée, elle s'écria :

– Percy a été touché! J'essaie de le transporter à l'écart avant qu'ils ne passent à l'étape suivante. Aidez-moi!

La chose aux contours indécis devint un monstre de métal distinctement profilé.

Le monstre dirigea son arme contre Joan Hiashi et déclara :

– Je *suis* l'étape suivante. Et cette arme-ci ne se contente pas d'endormir ses victimes.

Il s'exprimait dans un anglais sans fautes mais précis à l'excès. Après un silence, il reprit.

– Tu es ma prisonnière, Terrienne. Et lui aussi. (Son extrémité manuelle désigna le corps inerte.) Lui surtout.

De ses yeux en fente fusaient deux rayons lumineux lui permettant d'effectuer le balayage visuel qui serait relayé au QG Gany. Joan guetta le vrombissement : la transmission était simultanée.

Elle se pencha sur Percy et arracha le revolver de son étui. Sa décision était prise. Derrière le carcan de métal se cachait un larb. De deux choses l'une : ou elle le tuait, ou c'était lui qui avait raison d'elle. A bout portant, elle lui vida son chargeur en pleine poitrine.

Clang-clang-clang, les balles rebondirent sur l'armure sans même l'étratigner. Occupée à scruter le visage de Percy, la créature ne leur prêta aucune attention.

Lorsque l'arme ne fut plus dans sa main qu'un objet inutile, Joan la jeta rageusement sur l'immense carcasse. Puis, impuissante, les bras ballants, elle se prépara au pire.

6

Le secrétaire particulier du maréchal Koli ondula vers lui, se cambra dans un garde-à-vous instable et annonça sur le ton de la confidence :

– Monsieur, il y a là un individu nommé Mekkis, un Ganymédien, qui prétend être l'Administrateur civil chargé d'assurer votre relève.

Koli reçut la nouvelle sans trop d'émotion. Le sursis avait pris fin plus vite que prévu, mais avec un peu d'habileté, peut-être pourrait-il gagner quelques heures supplémentaires... juste ce qu'il fallait pour mener à bien l'Opération Crottes de Bique.

Sans un mot, le maréchal sinua à travers le bureau, appuya sur la touche linguale commandant l'ouverture de la porte de communication avec le hall d'accueil – touche qui n'obéissait à nulle autre langue – et examina son successeur.

Ce qu'il vit : un compatriote à la mine absorbée et funèbre dont la compétence sautait aux yeux. Le ver était prostré dans une attitude de digne recueillement et il n'échappa point au regard attentif de Koli qu'il n'avait pas touché aux bandes magnétiques gracieusement mises à la disposition des visiteurs. A côté de lui, on remarquait une épaisse serviette munie d'une courroie en forme de collier. A l'extérieur, dans la cour ruisselante de lumière, un escadron de larbs volants battaient des ailes en cadence malgré leur semi-somnolence.

Bien dressés, songea Koli. *Une telle discipline en dit long sur leur propriétaire. Au moins, ils n'empoisonnent pas le monde en voletant en tout sens. Ce doit être une espèce génétiquement supérieure. Ils ont dû lui coûter une fortune.* Aucun doute n'était plus permis : il se trouvait bien en face de son successeur.

– Monsieur Mekkis? fit-il à mi-voix.

La tête pivota brusquement. La langue cingla l'air avec une intensité alarmante. Les yeux écartés flamboyèrent d'un éclat sombre et énigmatique, comme si Mekkis, au delà du maréchal, entrevoyait une perspective qui ne s'inscrivait pas tout à fait dans le même espace. On eût dit qu'il avait le pouvoir de dérouler en imagination votre vie entière et de sonder votre destin. *L'âge,* décida Koli. *Et la sagesse. Car plus que la connaissance pure d'une mémoire électronique, c'est la sagesse que recèlent ces yeux à facettes.* Soudain, il se sentit mal à l'aise.

– Avez-vous l'intention de prendre possession des lieux sur-le-champ? demanda-t-il. (En l'espace d'un instant, la merveilleuse dépouille de Percy s'était réduite aux dimensions d'un rêve.)

– A vrai dire, j'aimerais autant en finir le plus tôt possible avec la passation de pouvoir. Je suis épuisé. Les voyages ne me réussissent guère.

– Venez dans mon bureau.

Koli le précéda dans l'autre pièce.

– Que diriez-vous d'un authentique sherry espagnol? (Son ordonnance s'affaira.) Il vient de Puerto Santa Maria, en Espagne. Légèrement doré et demi-sec. Je le consomme à la température ambiante, mais si l'on y tient...

– J'apprécie votre hospitalité, murmura Mekkis après quelques lapements polis. Si nous en arrivions maintenant à l'essentiel?

– L'essentiel? Bien sûr. Le problème, ce sont les avions de combat.

Mekkis le dévisagea, médusé.

– Mon briefing ne mentionnait aucun avion de combat!

– Oh, ce ne sont pas de véritables avions, mais des maquettes. Elles datent de la Première Guerre Mondiale.

– La « Première Guerre Mondiale »? Qu'est-ce que c'est?

Koli se laissa glisser jusqu'à une longue table basse de bois vernis.

– Ces maquettes, réalisées au XXe siècle par plasto-injection, reproduisent tous les détails avec un incomparable souci de réalisme. (Obéissant à un imperceptible hochement de sa tête, l'ordonnance souleva une maquette.) Malheureusement, le secret de la fabrication du plastique s'est perdu. Mais permettez-moi d'évoquer devant vous l'évolution de l'aviation militaire au cours de la Première Guerre Mondiale. (Il projeta sa langue en direction de la maquette que l'ordonnance présentait à l'attention de Mekkis.) Voici l'ancêtre des avions de combat, le Fokker Eindekker. Vous remarquerez l'aile unique, avec ses traverses. (Du bout de sa langue, il désigna l'aile.)

– Hmmmm, fit Mekkis.

Il avait tenté une exploration télépathique du maréchal et s'était heurté à un invraisemblable chaos de formes et d'images. Rien, absolument rien à tirer de ce puzzle sinon, pêle-mêle, d'étranges silhouettes d'aéroplanes. *Et si ce n'était pas un brouillage?* se demanda Mekkis. *Et s'il pensait réellement de cette façon?*

– Jusqu'en décembre 1915, les Alliés ne disposaient d'aucun appareil pouvant rivaliser avec les Fokker Eindekker I, II ou III.

– Sur quelle base les Terriens ont-ils établi leur calendrier?

– Il est calculé à partir de la date de naissance de Jésus-Christ, Fils Unique de Dieu.

– A vous entendre, fit observer Mekkis sur un ton aigre-doux, on vous prendrait presque pour un indigène. Ce Dieu représenterait-il quelque chose pour vous?

Le maréchal se redressa à demi, oscilla d'avant en arrière et déclara sur un ton de dignité assez convaincant :

– Sachez, monsieur, que depuis deux ans je suis de confession anglo-catholique. Je reçois la communion une fois par mois.

Mekkis se hâta de ramener la conversation sur le thème comparativement moins périlleux des maquettes d'aéroplanes. Les convertis de fraîche date à ces mystérieux cultes indigènes tournaient volontiers au fanatisme.

– Et celui-ci, demanda-t-il en refermant ses mâchoires sur la mince queue d'un biplan, qu'est-ce que c'est?

Koli ferma les yeux.

– Je vous en prie, fit-il d'une voix contenue, soyez assez bon pour laisser à mon ordonnance le soin de manipuler les éléments de cette collection extrêmement rare, voire unique. De vous voir ainsi mâchouiller ce biplan me plonge dans un état de profond désarroi mental.

– Excusez-moi. (Mekkis reposa le biplan avec délicatesse. Il ne portait pas la moindre trace de dents.)

Le maréchal possédait son sujet à fond, ainsi que son hôte put en juger au cours de la demi-heure qui suivit. Lorsque ce dernier estima qu'il en savait suffisamment sur l'aviation de combat de la Première Guerre Mondiale, il décida d'interrompre ce flot impétueux.

– Je vous remercie, maréchal. Il est temps pour moi de prendre le commandement de cette province...

– Un instant! (Koli appuya sur un bouton. Un pan de mur coulissa, révélant d'autres rangées de maquettes.) Cette partie de ma collection est consacrée aux plus illustres créations de l'entre-deux-guerres. A tout seigneur tout honneur. Commençons donc par le Trimoteur Ford.

Tout en lui présentant l'aéroplane, l'ordonnance murmura respectueusement à l'oreille de Mekkis :

– Il possède aussi la collection complète de l'avia-

tion militaire de la Seconde Guerre Mondiale.
– Je me rends, soupira Mekkis.
– Naturellement, reprit Koli, très pratique, il m'est impossible de transférer sur Ganymède ces maquettes d'une valeur inestimable. Elles seraient endommagées au delà de tout espoir de réparation. Vous savez avec quelle désinvolture navrante atterrissent nos cargos homéostatiques! Par conséquent, je vous abandonne mes collections, *toutes* mes collections, y compris les maquettes de la Première Guerre Mondiale.
– Mais c'est impossible! balbutia Mekkis. Imaginez que je brise un de vos avions?
– Cela ne se produira pas, énonça Koli d'une voix paisible. (Toute discussion était manifestement inutile. Le sujet était clos.)
Soudain Mekkis décela en pensée une certaine agitation dans les environs immédiats du bureau.
– Les larbs ont capturé quelqu'un, dit-il. Il vaudrait mieux faire comparaître le prisonnier.
Koli blêmit. Jamais la superbe dépouille n'avait été aussi proche; jamais elle ne lui avait semblé aussi inaccessible.
– Ne croyez-vous pas qu'il serait préférable d'attendre que...
Mekkis le toisa avec sévérité.
– Si c'est ainsi que vous agissez d'ordinaire, je prends le commandement sur-le-champ. Depuis mon arrivée, ne l'oubliez pas, je suis l'Administrateur officiel de cette province. (Koli, il le sentait, souhaitait lui cacher le plus longtemps possible l'identité du prisonnier. Et cette réticence aiguisait sa curiosité.)
– Soit, dit Koli. (Il ondula vers la porte.) Attendez-moi.

Lorsqu'il réapparrut, Mekkis s'était emparé d'un biplan à hélice arrière de 1911. Koli n'était pas seul. Un Terrien à peau sombre, presque noire, l'accompagnait. Un Nig.

– Monsieur, annonça-t-il d'une voix vibrante, au cours d'une opération de commando dont j'avais pris l'initiative avant que vous ne veniez assumer à ma place le commandement suprême de la province du Tennessee, nous avons remporté une ultime et magnifique victoire. Un piège d'une géniale ingéniosité nous a permis de capturer ce Terrien. Savez-vous qui c'est?

Mekkis tenta de s'arracher à la contemplation des maquettes et s'en trouva incapable. L'une d'elles – enfin, il ne s'agissait pas vraiment d'une maquette, mais d'une photographie en noir et blanc et deux dimensions – représentait un appareil arachnéen en train de se poser sur le pont d'un navire. Il déchiffra la légende : *le 18 janvier 1911, pour la première fois, un avion s'était posé...*

Par à-coups furieux qui cambrèrent son corps en boucles successives, Koli se propulsa vers le fond de la pièce où il écrasa bouton après bouton, illuminant maintes vitrines que Mekkis n'avait pas remarquées et encore moins examinées.

– Voici ma collection de tacots, lança-t-il avec hargne. Depuis la Peugeot 1898. Il y en a pour des heures, des jours. Quand vous en aurez terminé avec eux, vous trouverez en salle 4-A ma collection de modèles réduits de locomotives à vapeur. (Il effectua une rageuse volte-face. Jamais encore Mekkis n'avait vu un compatriote tomber ainsi sous l'empire de son thalamus.) Quand vous en aurez terminé avec les locomotives, j'exige que vous rédigiez une note officielle sur ce remarquable coup de filet, certifiant en outre que je suis bien l'unique et absolu propriétaire du ci-devant quadrupède terrien, pouvant comme tel en faire l'usage qui me convient!

Malgré le brouillage élaboré, une pensée, aussitôt captée par Mekkis, fulgura à travers l'esprit de Koli. S'il fallait en venir au fait et au prendre, qui, de lui ou de Mekkis, les troupes soutiendraient-elles?

– Maréchal, répondit Mekkis, c'est à vous seul que revient tout le mérite de cette action d'éclat. Vous êtes en outre ce qu'il est convenu d'appeler un collectionneur... sous-variété bien définie de typologie individuelle. Jusqu'à votre conversion à cette obscure religion terrienne qui peut être considérée comme une manifestation de l'instinct de collectionneur. Permettez-moi d'oser une déduction. Vous voulez la dépouille de Percy X. Pour en faire un ornement mural. Quelle magnifique tapisserie, n'est-ce pas, avec les dents et le reste? D'autant qu'il subsiste chez certains Terriens adultes de sexe masculin à la virilité épanouie un vestige de fourrure sur la poitrine et dans d'autres régions. Exact?

Il était le point de mire de tous les regards. Puis, dans le silence ébahi s'éleva soudain, clair, vibrant, le rire de Percy X. Un rire dénué de toute trace d'ironie ou de sarcasme. En même temps, il grimaça un sourire à l'adresse de Mekkis. Et dans ce rictus à lui seul destiné, Mekkis décela une stupéfiante et scandaleuse complicité. Comme si l'homme, soudain, communiquait avec le ver, de créature à créature.

Cela dit, Mekkis n'avait pas la moindre idée de ce qui pouvait provoquer chez le prisonnier un tel accès d'hilarité; il se sentait à la fois dérouté et fasciné par une réponse « ethnique » aussi inattendue et sibylline. Il voulut sonder l'esprit humain et découvrit une perfection de brouillage préparé à son intention. Percy X était donc l'un de ces rares spécimens dont on lui avait parlé : un Terrien télépathe.

– Puis-je l'avoir? demanda Koli avec humilité.

– Non.

– Pourquoi?

– Parce que j'ai pour lui d'autres projets. Des projets que vous combattriez, j'en suis sûr. (Mekkis se tourna vers les gardes.) Placez le prisonnier dans un local confortable où il sera soumis à un interrogatoire en règle. Demain, après m'être reposé, il y a quantité de choses dont j'aimerais discuter avec lui.

Tandis qu'on entraînait Percy hors de la pièce, le larb qui l'avait capturé s'avança vers Mekkis.

– Monsieur l'Administrateur, une autre créature terrienne se trouvait en compagnie du prisonnier. Une femelle de race blanche. Or, cette race est celle qui manifeste souvent la plus grande hostilité à l'égard de la Résistance Nig. D'après les coefficients de coloration cutanée et autres procédés d'identification, il s'agirait d'une vedette de la télévision.

– Plus tard, fit Mekkis avec lassitude.

– Abattez-la! aboya Koli.

– Non! riposta Mekkis. Placez-la sous la surveillance de... (Impossible de se souvenir du nom du service de contre-espionnage qui opérait sur cette colonie...) Sous la surveillance des autorités compétentes, dit-il finalement.

– Elle a trahi! s'exclama Koli. Elle mérite la mort.

– Reprenez-vous, maréchal. « Quand le ver est

dans le fruit, il est trop tard », dit, si je ne m'abuse, un vieux proverbe terrien. Mon cher, l'art d'utiliser les traîtres est le secret des victoires pacifiques, et je suis un partisan résolu de la non-violence.

Mekkis se souvint alors d'un paragraphe d'un certain dossier consacré à la psychologie terrienne où il était question d'un établissement baptisé non sans humour « Centre de Formation des Pervertis » par les autorités d'Occupation. Si sa mémoire ne lui faisait pas défaut, le Centre était dirigé par un Terrien du nom de Balkani, un célèbre psychiatre. La fille pouvait lui être envoyée illico. Quant à Percy, il aurait d'abord avec lui un petit entretien, histoire de le jauger.

Plus tard, après un repos bien mérité, Mekkis, Administrateur Civil de la Province du Tennessee, fit comparaître devant lui le prisonnier. Débarrassé de la présence encombrante du maréchal Koli, il le reçut en tête à tête.

– Qu'attendez-vous de moi? demanda Percy, négligeant le siège qu'on lui offrait.

– De la compréhension, dit Mekkis. Vous êtes télépathe. Si un être humain a le pouvoir de combler le gouffre qui sépare nos deux races, il ne peut s'agir que d'un télépathe.

– Je veux dire, précisément, répliqua Percy avec raideur. Que voulez-vous que je fasse?

Le ver eut un mouvement qui aurait pu être interprété comme un haussement d'épaules.

– Collaborez avec nous, laissa-t-il tomber avec simplicité.

Percy eut alors la vision fugitive de ce que l'autre avait en tête. Il se vit, lui, Percy X, le chef honni et traqué des partisans Nigs, empereur du Tennessee, régnant du haut de son trône sur tous les Blancs, et même sur certains Ganymédiens des classes inférieures. Aucune offre ne pouvait épouser plus étroitement ses plus secrètes ambitions.

– Je vois que nous nous comprenons, dit Mekkis d'une voix où perçait le soupçon d'empressement nécessaire. Que décidez-vous? Je ne vous bouscule pas, notez bien. Vous avez devant vous des jours, et même des semaines pour réfléchir à la question. En ce qui me concerne, je ne suis pas pressé. Mais nous serons obligés de mettre à profit ce délai en continuant de harceler vos amis retranchés dans les montagnes. Chaque jour perdu par vous en hésitations apportera sa moisson de vies humaines inutilement sacrifiées...

Sans crier gare, Percy s'élança. Mekkis fit un bond de côté, mais trop tard. Le grand Nègre se jeta sur lui de tout son poids, l'assommant presque, puis le ver sentit l'étreinte des doigts puissants s'incruster autour de sa trachée-artère et serrer, plus fort, encore plus fort... Il ne fut plus bientôt qu'un corps inerte que la vie peu à peu désertait. Il était sur le point de tourner de l'œil lorsqu'une horde de larbs hurlants s'abattirent sur le dos de l'homme et lui firent lâcher prise.

– A mort! A mort! glapissaient les larbs au comble de l'hystérie.

– Non! haleta Mekkis. Maintenez-le. Ce n'est rien. Il a le sang chaud, voilà tout.

Bien que profondément secoué et la gorge meurtrie, Mekkis retrouva assez de sang-froid pour se glisser dans sa niche derrière le bureau et déclarer à son agresseur d'une voix presque inaltérée :

– Je suis navré d'en être réduit à cette extrémité, mais avant que nous puissions reprendre cet entretien, vous allez devoir subir une légère psychothérapie afin de vous aider à surmonter vos pulsions belliqueuses. Toutefois, vous serez sans doute flatté d'apprendre que les soins vous seront prodigués par un homme souvent considéré par les Terriens et les Ganymédiens réunis comme le plus grand spécialiste des maladies mentales de notre temps, le Pr Rudolph Balkani.

L'espace d'une fraction de seconde, Percy X oublia son brouillage mental. Mekkis n'en demandait pas plus. Cette brèche avait suffi à trahir la terreur intime de son prisonnier.

Quelle agréable surprise, songea-t-il. *Je commençais à croire que ce sauvage n'avait peur de rien.*

Un silence moite régnait dans la misérable chambre d'hôtel. Avec d'infinies précautions, le Dr Newkom détacha l'amplificateur télépathique de la tête de Rivers.

– Alors? demanda-t-il. As-tu réussi à le joindre?

– Oui, mais seulement pour écouter. Je n'ai pas cherché à entrer en contact avec lui. Mon émoi de tout à l'heure... des larbs l'ont amené dans le QG de l'armée Gany.

– Quelle poisse! marmonna Newkom. Il y a longtemps que nous aurions dû tenter cette expérience.

– Ton gadget est trop sélectif et orienté. Je me demande pourquoi j'espérais réussir au premier essai.

Et maintenant, pensa-t-il, *ils le tiennent. Si quelqu'un peut briser un homme, c'est bien Balkani! Rudolph Balkani appartient à une école thérapeutique à laquelle je ne toucherais pas, même avec des pincettes, mais il faut bien reconnaître qu'il obtient des résultats. Il est toujours plus facile et plus spectacu-*

laire de détruire que de construire ou même consolider. Il faut de longues années pour qu'un homme arrive à maturité, et tout peut s'écrouler en un instant. Un Percy perverti aurait des conséquences encore plus néfastes qu'un Percy écorché vif. Quand le Sauveur tourne casaque...

– Ils sont trop forts pour toi, dit Newkom. (Il coupa le courant de l'amplificateur et se prépara à partir.)

– Je ne m'estime pas encore battu, murmura Paul.

– Mais puisqu'ils l'ont capturé...

– Je pars pour Norway. Viens-tu avec moi?

Puis, sans attendre la réponse, il se mit à remplir sa valise avec des gestes rapides et efficaces.

7

Passant de la lumière intense à la pénombre du vestibule, Joan Hiashi, momentanément éblouie, continua d'avancer à l'aveuglette.

– Par ici, Miss Hiashi, dit le garde en ouvrant une porte.

La pièce lui sembla plongée dans une obscurité encore plus dense, mais elle discerna la silhouette d'un homme barbu, avec une tendance à l'embonpoint et à la calvitie. L'homme vint à sa rencontre, la main tendue.

– Mon nom est Balkani, annonça-t-il d'une voix pleine d'urbanité. Pr Rudolph Balkani, l'analyste infaillible.

Ils échangèrent une poignée de main et Balkani

lui désigna un siège. Le siège n'était autre qu'un divan de psychanalyste, mais Joan ne s'allongea pas. Assise bien droite à l'extrémité de la couche, elle scrutait avec méfiance le visage indistinct de son vis-à-vis.

– Quelle est votre religion, Miss Hiashi? demanda l'homme en bourrant sa pipe avec désinvolture.

– Je suis pour les partisans, fit-elle sur un ton de défi. Sinon, serais-je ici en ce moment?

– Pourtant, dans tous les formulaires que vous avez remplis jusqu'ici, vous vous proclamiez bouddhiste. Auriez-vous abandonné le bouddhisme, Miss Hiashi?

– Du vivant de Bouddha, il n'y avait pas un seul Gany sur Terre. De nos jours, on est partisan, ou on est rien.

– Figurez-vous que je suis d'un tout autre avis. (Il fit une pause, le temps d'allumer sa pipe.) De mon point de vue, l'engagement Nig n'est pas une religion mais une maladie mentale, disons une forme subtile de masochisme.

– Et vous avez l'intention de m'en guérir, n'est-ce pas?

– Avec votre aide.

– Je regrette, mais il faudra vous en passer.

Balkani haussa les sourcils.

– Comme vous me semblez hostile, Miss Hiashi! Pourtant, vous n'avez rien à redouter de moi. Après tout, ne suis-je pas médecin? (Il exhala un nuage de fumée odorante qui dériva en minces filets vers la source de lumière.) Vous sentez-vous coupable, Miss Hiashi?

– Pas particulièrement. Et vous?

– Oui. (Il hocha sombrement la tête.) Coupable d'être en vie. Il ne devrait plus y avoir sur cette planète un seul survivant, homme, femme ou enfant. Nous aurions dû lutter jusqu'à nos dernières forces plutôt que de nous rendre à l'envahisseur. Vous n'êtes pas d'accord?

Elle s'attendait à tout, de la part d'un médecin perverti, sauf à ces paroles. L'espace d'un instant, elle eut envie de le considérer comme un ami et de lui faire confiance.

– Nous avons péché, Miss Hiashi. Par conséquent, nous méritons un châtiment. Et ce châtiment nous brûlons du désir de le recevoir; nous en avons besoin; j'irai jusqu'à dire que nous ne pouvons vivre sans lui. D'accord, Miss Hiashi? Alors nous embrassons la cause dérisoire des partisans Nigs, afin d'assouvir ce désir profond, viscéral que nous éprouvons tous, celui d'être châtiés. Mais il existe en chacun de nous un autre besoin, encore plus impérieux : celui d'oublier. Tous mes patients, Miss Hiashi, tous mes patients sans exception ressentent un même besoin d'inexistence. Se perdre, se perdre pour oublier, c'est ce qu'ils appellent de tous leurs vœux.

» Comment faire, me direz-vous? Seule la mort apporte l'oubli absolu. Mais la mort est un objectif infiniment lointain. Alors, on se défonce. Qui cherche l'oubli espère étancher par la drogue, l'alcool, la folie, la simulation, sa soif d'inexistence. Mais c'est un leurre. Tous ces subterfuges ne provoquent qu'une illusion, un avant-goût de l'oubli, juste ce qu'il faut pour en exciter l'appétit. L'engagement dans une cause perdue, comme celle des Nigs, n'est qu'un aspect plus subtil de cette quête universelle qui pousse les hommes, tels des lemmings, à leur perte.

A mesure qu'il parlait, la respiration de Balkani

s'était faite âpre et avide. Son front s'était emperlé de sueur. Il se tut, pantelant, la face congestionnée.

– Si vous croyiez vraiment à tout ce baratin, répliqua Joan, très calme, vous n'éprouveriez pas le besoin de hurler. (Mais sous cette apparente sérénité, elle sentait la peur s'insinuer en elle, et ce qu'il dit ensuite ne contribua guère à la rassurer.)

– N'avez-vous pas envie de connaître la nouvelle thérapie que j'ai mise au point pour guérir tous ces volontaires de l'amnésie? Une technique que j'ai passé des années à peaufiner et suis enfin en mesure d'expérimenter sur des sujets humains?

– Non! s'écria-t-elle, terrifiée par le flamboiement fanatique de ses yeux.

– Je vais leur donner ce qu'ils cherchent, reprit le médecin d'une voix douce, onctueuse. Je vais apaiser leur soif. *Je vais leur donner l'oubli absolu.*

Sa main rampa vers une sonnette disposée au coin du bureau. Deux robots roulants firent leur apparition, porteurs d'une camisole de force. Elle hurla et se débattit, mais ses efforts les plus violents ne purent ralentir les puissantes et pesantes machines.

Haletant, Balkani observait la scène, étreignant sa pipe éteinte de ses mains tremblantes.

La plupart des serrures de la prison du Centre de Recherche Psychédélique étaient à combinaison, mais on avait pris la peine d'installer sur la porte de Percy une serrure classique. A la fin de la première semaine, le prisonnier avait prélevé dans le cerveau des matons les combinaisons de toutes les serrures de son secteur. Or, tous les geôliers pensaient en norvégien; cet obstacle avait tout d'abord arrêté

Percy, jusqu'à ce qu'il trouvât le moyen de le contourner : surveiller à travers leurs propres yeux ce que faisaient leurs mains en composant les combinaisons.

S'évader n'est pas une mince affaire, même pour un télépathe. Rien d'impossible, cependant. En outre, Percy était bien décidé à ne pas partir sans Joan, mais il devait bien exister un moyen. En théorie, il existait toujours un moyen.

Allongé sur sa couchette, il somnolait paisiblement lorsqu'une petite voix intérieure se fit entendre.

– Vous êtes bien Percy X? demanda-t-elle.

– Oui. (Craignant un piège, il se tint aussitôt sur ses gardes, bien que son intuition, généralement digne de foi, lui assurât que la voix était celle d'un ami.) Et vous, qui êtes-vous?

– Quelqu'un qui voudrait vous sortir de là. Mais au cas où nous échouerions, il est plus prudent que vous ne sachiez pas mon nom. Ils parviendraient peut-être à vous l'arracher.

Un geôlier passa devant la cellule. Percy concentra son attention sur lui. L'homme n'était pas télépathe. Rassuré, il revint à la voix intérieure.

– Connaissez-vous au moins votre lieu de détention? demanda-t-elle. Vous êtes à Norway, sur l'île de Ulvöya, à quelques kilomètres au large d'Oslo. C'est dans cette ville que nous avons installé notre QG. Tout en sondant l'île et ses environs afin de vous dénicher, j'ai découvert quelque chose d'assez inquiétant. Ils vont tenter d'utiliser Joan Hiashi contre vous.

– Comment? (Percy était tendu.)

– Ils vont se livrer sur elle à une expérience psychiatrique.

– Ne pouvez-vous... (Percy dut se faire violence pour mener sa pensée à son terme...) Ne pouvez-vous pas intervenir?

Pour être franche, la réponse de Rivers n'en fut pas moins cruelle.

– Pas encore... Nous ne sommes pas prêts. Pour l'instant, il n'y a rien que nous puissions faire.

On sonna à la porte d'entrée et Rivers arracha le casque. Assis à côté de lui, Ed Newkom surveillait le réglage de l'amplificateur.

– Appelle le Centre à New York sur le vidphone équipé d'un brouilleur, fit Paul à mi-voix. Dis-leur de se manier le train avec le matériel que je leur ai commandé avant de partir. S'il n'est pas prêt dans les plus brefs délais, qu'ils laissent tomber. Il sera trop tard.

Ed s'éclipsa. Avant d'aller ouvrir, Paul s'assura que les litanies orientales déversées à flots et en haute fidélité par la chaîne pourraient étouffer toute friture produite par l'émetteur. Puis, d'un pas résolu, il marcha vers la porte pour accueillir celui ou celle qui désirait en apprendre davantage sur son avenir. Dire la bonne aventure représentait une couverture de tout repos tandis qu'il s'efforçait en douce de délivrer le héros de la Résistance et sa petite amie.

Mekkis se plongea une fois de plus dans l'examen des documents militaires défraîchis et loqueteux, éparpillés sur son bureau. Et plus il les regardait, moins il se sentait d'humeur à rire.

– Si j'en crois la description nébuleuse qui en est donnée ici, expliqua-t-il à son larb précog, les armes dénichées par Gus Swenesgard agiraient sur l'esprit des gens.

« Cela éclaire peut-être les rapports surprenants qui nous parviennent chaque jour de nos unités chargées du nettoyage des dernières poches de résistance, car en dépit de la capture de leur chef, les résistants persistent à résister!

– Des hommes invisibles, marmonna le précog, dont certains prennent la forme d'animaux. Des créatures monstrueuses qui se font et se défont sans crier gare et que le radar est impuissant à détecter. Tous sont issus de la même horreur – les ténèbres qui approchent. Monsieur, le temps vous est compté. D'ici peu, la Fille de Nulle Part verra le jour et ce sera le commencement de la fin.

– Qui est-ce? s'écria Mekkis avec un subit égarement. Je veux le savoir! Où se cache-t-elle? Dis-le-moi!

– Je l'ignore. Tout ce que je puis dire, c'est qu'elle est venue ici, dans cette province. Mais je ne sens plus sa présence.

– Elle a dû s'enfuir dans les collines, murmura Mekkis.

Il ramena son attention sur les documents. Comment Swenesgard avait-il pu être assez bête pour laisser des engins aussi meurtriers tomber entre les mains des Nigs? A y regarder de près, c'était plus que de la simple maladresse; cela tenait plutôt de cette naïveté colossale que seuls permettent d'acquérir une longue pratique et un entraînement laborieux.

Et pourtant, le même Swenesgard n'avait-il pas joué un rôle déterminant dans la capture de Percy?

– Il faut que je voie cet homme, ce Gus, déclara Mekkis.

Il était déçu de n'avoir reçu aucune nouvelle du

Centre de Recherches Psychédéliques où Percy était en « traitement ». *A quoi passent-ils donc leur temps, à Norway,* se demanda-t-il. Si le Terrien nommé Balkani n'était pas en mesure de lui remettre très vite un Percy docile et en bon état de marche, les opérations de nettoyage des poches de résistance risquaient de se prolonger pendant des mois. Ou de se retourner brusquement contre les forces armées d'occupation. Qui pouvait le dire, avec ces armes miraculeuses... Et ce Balkani! C'était lui, semblait-il, qui avait élaboré les principes de base de ces véritables machines à illusions. Lui encore qui avait mis au point une technique de développement accéléré des facultés télépathiques de certains Terriens privilégiés, de sorte que leur pouvoir égalait presque celui d'un membre bien entraîné de l'Esprit Collectif ganymédien.

Et lui, toujours, à qui l'on envoyait régulièrement les Terriens récalcitrants pour qu'ils deviennent entre ses mains des pervertis efficaces.

– Balkani aussi, décida-t-il. Il faut que je le voie.

Machinalement, il enfonça de la langue le bouton de l'intercom et ordonna qu'on lui trouvât au plus vite dans les bibliothèques environnantes les œuvres complètes du célèbre psychiatre. Intéressantes lectures en perspective.

L'Oracle coupa le fil de ses pensées.

– Vous désiriez voir Gus Swenesgard? Justement, il arrive. Il sera ici dans un instant.

Dix minutes plus tard, en effet, Gus attendait dans le bureau voisin. Il reçut sans surprise l'ordre de comparaître devant le nouvel Administrateur. Après un claquement de talons martial, il s'avança dignement. L'image même de l'autosatisfaction.

– Laissez tomber les salamalecs, lui enjoignit

Mekkis, caustique. L'occupation militaire de la province a pris fin.

– Oui, chef, dit Gus avec force. Si je suis ici, c'est parce que... (Il se racla nerveusement la gorge.) Enfin, j'ai des renseignements à vous communiquer, monsieur l'Administrateur.

Mekkis l'observait avec attention. Un bref sondage du cerveau de l'homme lui permit de faire une découverte étonnante : contre toute attente, ce grotesque personnage était intelligent et rusé. Si Percy ne répondait pas à son attente, Gus Swenesgard pourrait bien représenter une solution de rechange.

– A vrai dire, j'ai mon réseau d'indics au sein de la résistance, dit Gus. (Il s'essuya le nez d'un revers de manche.) Et il a l'air de s'en passer de drôles, là-haut dans les montagnes. Ces machines qu'ils ont barbotées dans mon sous-sol, c'est de vraies diableries, vous pouvez me croire!

– Des « diableries »? questionna Mekkis, perplexe.

– Ben, monsieur l'Administrateur, chef, je veux dire qu'elles vous chamboulent le cerveau. Elles vous font voir des trucs qu'existent pas et vous empêchent d'en voir d'autres qu'existent. Elles vous jouent des tours, quoi. Tenez, pas plus tard que l'autre jour, devinez qui s'est introduit dans mon salon, invisible et tout? Un de ces singes à peau noire! Ce qu'il a fait? Il a peint une grande croix noire sur mon mur. Je l'ai vue se former comme je vous vois! Sur le moment, bien sûr, j'ai cru que j'avais bu un coup de trop, mais le lendemain, elle était toujours là. Faut croire que je l'avais pas rêvée.

– Et que signifie cette croix noire?

– Ça signifie qu'ils vont me zigouiller si je ne leur

obéis pas, voilà ce que ça signifie! (Gus avait l'air pitoyable.)

– Je vous fournirai une escorte, lança Mekkis, agacé.

– Une escorte? riposta Gus. Ecoutez, la meilleure défense, c'est encore l'attaque, je l'ai toujours entendu dire. Au lieu d'escorte, que diriez-vous de me fournir du matériel tactique? (Disparu, l'accent traînant du terroir. Le ton était celui d'un homme décidé.) Disons, quelques bombardiers ionosphériques pour la couverture et un stock d'arbalètes automatiques, puis de me laisser grimper là-haut pour déloger ces canailles?

– Plusieurs unités sont déjà à pied d'œuvre. Que pourriez-vous faire de plus?

– Je pourrais gagner, fit Gus avec simplicité. Pendant que les vôtres, sans vouloir vous offenser, continueront de s'agiter dans le vide. Je connais les montagnes. J'ai mes espions et je sais comment ça se passe dans la tête d'un nègre. Je suis certain de pouvoir découvrir où ils ont planqué les armes, ces fameuses machines à fabriquer des hallucinations.

Par habitude, Mekkis effectua une rapide perquisition dans l'esprit de son vis-à-vis et ne put réprimer un sursaut de stupeur devant tant de fourberie : Gus avait bien l'intention de faire main basse sur les armes, mais pour son compte personnel!

Mekkis réfléchit un instant. La proposition de Gus méritait d'être prise en considération. On pouvait toujours microter le bonhomme et le gratifier d'un dispositif de destruction instantanée commandé à distance. Tout menteur qu'il fût, Swenesgard parviendrait peut-être à écraser la résistance et à récupérer les armes. Pour l'instant, les partisans tenaient l'armée Gany en échec. Gus retournerait la situation, puis, à l'instant où il croirait les avoir tous possédés, le dispositif destructeur dissimulé sur sa personne l'expédierait dans un autre monde, laissant à Mekkis les armes et la victoire.

– Entendu, dit-il au Terrien. Je mets à votre disposition un bataillon de vingt-cinq larbs équipés pour le combat. Faites-en bon usage. Pour la couverture aérienne, nous verrons.

Alors que Gus, ébahi d'avoir obtenu gain de cause, tournait les talons, Mekkis le rappela.

– Si par hasard vous tombez sur quelque chose répondant au nom de Fille de Nulle Part, détruisez-le. Homme, femme ou objet. Et sur-le-champ!

– Bien, chef. (Gus salua et sortit.)

– Qu'est-ce qui ne va pas? demanda Ed Newkom d'une voix anxieuse.

Paul Rivers, allongé sur le canapé du salon de consultation et coiffé du casque, avait manifesté une soudaine agitation.

– Mon Dieu! s'écria-t-il. (Mais il devait être bien loin car sa voix s'était muée en celle de Percy X.) Mon Dieu! Je l'entends hurler!

– La fille? balbutia Ed. Que lui font-ils?

Silence. Dehors, l'après-midi s'étirait, lourd et palpable. On entendait le bip-bip des appareils ionosphériques. Au loin, un clocher égrena les cinq heures et une brise légère gonfla les rideaux.

– Ils lui ont collé la camisole de force, souffla Paul avec la voix de Percy. Elle est allongée sur une table roulante. Elle descend un long couloir obscur. (Il se tut. Puis, d'une voix étrange, étrangement féminine, tremblante à vous donner le frisson, il s'écria :) Vous êtes fou, Balkani! Laissez-moi partir!

Newkom se pencha au-dessus de lui. Il se passa la langue sur les lèvres.

– Et maintenant?

– Elle est dans une cellule aux murs capitonnés, dit la voix de Percy. (L'espace d'un long moment, Rivers garda le silence. Lorsqu'il ouvrit à nouveau la bouche, il en jaillit une troisième voix, celle de Balkani.) « Robot un et deux, ôtez-lui la camisole! – Arrêtez! Non! Ne me touchez pas! cria la voix féminine. – Toute résistance est inutile, Miss Hiashi, reprit Balkani. Ces robots sont dix fois plus forts que vous. A la bonne heure! Regardez comme tout se passe bien quand vous y mettez du vôtre. Je ne vous ferai aucun mal. Je suis médecin, que diable! Allons, Miss Hiashi, vous n'êtes pas la première femme que je vois dans le plus simple appareil. Bon, à présent, veuillez enfiler ceci. – Non! s'écria la jeune femme. Jamais! N'y comptez pas! »

Ainsi se poursuivit l'extraordinaire dialogue, les deux voix se répondant l'une à l'autre, chacun affluant dans la conscience de Rivers, puis refluant pour revenir aussitôt à l'attaque comme s'il s'agissait d'une lutte sans merci pour l'occupation d'un territoire.

Bouleversé par ce qu'il voyait et entendait, Ed Newkom resta au chevet de son ami. De la personnalité de Paul Rivers, il ne subsistait rien. Rien.

Le Dr Rudolph Balkani tendit à la jeune femme une sorte d'ample combinaison intégrale de plastique noire. Elle s'introduisit dans le vêtement dont l'un des robots remonta la fermeture éclair. Seule sa tête émergeait de la combinaison, constata la jeune femme. La doublure intérieure était d'un matériau si doux qu'elle la sentait à peine.

– Vous devez être au courant, j'en suis sûr, des expériences pratiquées par certains ermites au mysticisme exacerbé, dit Balkani. Je fais plus précisément allusion à la retraite sensorielle. Grâce aux progrès de la science, nous avons aujourd'hui à notre disposition une version améliorée de la caverne de l'ermite. On l'appelle le réservoir de retraite sensorielle. (Il appuya sur un bouton. Un panneau coulissa dans le plancher, révélant un bassin d'eau noire et immobile. Balkani, alors, prit un casque sans hublot et le présenta à Joan Hiashi.) La méthode la plus efficace consiste à immerger le sujet dans un réservoir rempli d'eau maintenue à la température du sang. Aucun bruit, aucune lumière ne doit troubler son repos. Une fois coiffée du casque et immergée dans le bassin, vous ne verrez rien, ne sentirez rien, ne toucherez rien, et grâce au produit d'anesthésie sensorielle qui vous a été injecté, vous oublierez jusqu'au souvenir de votre corps, ses souffrances, ses mouvements et ses altérations chimiques. Coiffez-vous de ce casque, Miss Hiashi.

Elle n'en fit rien. Les robots s'en chargèrent à sa place.

Joan, cependant, semblait avoir retrouvé son sang-froid. D'une voix mesurée, elle demanda :

– Etes-vous déjà entré vous-même là-dedans?

– Pas encore, dit Balkani. (Sur son ordre, les robots la firent descendre dans le bassin, déroulant le tuyau d'air relié au casque. Le psychiatre alluma sa pipe et regarda pensivement l'eau sombre se refermer sur l'étrange silhouette.)

– Saluez l'oubli de ma part, Miss Hiashi, murmura-t-il.

Sourcils froncés, Balkani leva les yeux de son

bloc-notes. On frappait à la porte. Il fit signe à l'un des robots d'aller ouvrir. Son supérieur, le commandant Ringdahl, entra dans le bureau, les yeux fureteurs.

– Elle est toujours dans le bassin? demanda-t-il.

D'un geste, Balkani lui désigna le rectangle d'eau sombre. Seul émergeait le sommet du casque. On apercevait, déformé par les vaguelettes, un corps immobile.

– Parlez plus bas, dit Balkani.

– Elle y est depuis combien de temps? chuchota le Commandant.

Balkani consulta sa montre.

– Environ cinq heures et demie.

– Et si paisible... est-ce qu'elle dort?

– Non. (Otant les écouteurs de ses oreilles, Balkani les lui tendit.)

– Tiens... on dirait qu'elle parle dans son sommeil. (Ringdahl écouta encore, intensément.) Je ne comprends pas un mot de ce qu'elle raconte.

– Elle ne dort pas, répéta Balkani. (Il montra du doigt un tambour rotatif encastré dans une batterie d'instruments : de minuscules crayons traçaient des lignes brisées sur du papier quadrillé.) Le diagramme de ses ondes cervicales indique une activité exceptionnelle qui atteint presque le niveau satori.

– Le niveau satori?

– C'est l'état dans lequel la frontière entre conscient et subconscient tend à disparaître; le foyer de la conscience s'élargit jusqu'à la quasi-inexistence et l'esprit peut enfin fonctionner comme un tout au lieu d'être fractionné en une multitude d'entités secondaires.

– Souffre-t-elle? demanda Ringdahl avec curiosité.

– Pourquoi cette question? murmura Balkani, surpris.

– J'ai la certitude que Percy X la suit pas à pas par la pensée. Peut-être cela le rendrait-il plus coopératif de la sentir malheureuse.

– Dites donc! aboya Balkani, oubliant ses consignes de silence, je croyais que vous m'aviez demandé de la soigner! Je suis médecin, non tortionnaire.

– Répondez! Souffre-t-elle, oui ou non?

– Au début, elle a dû souffrir un peu. En un sens, expérimenter la perte progressive du monde extérieur, puis celle de son propre corps, c'est comme de se sentir mourir. A présent, j'oserais avancer qu'elle est heureuse. Oui, pour la première fois de sa vie, elle doit être vraiment heureuse.

L'espace n'existait pas.

Le temps n'existait pas.

Car Joan Hiashi n'était plus. Disparu, le point infinitésimal où se croisaient le temps et l'espace. Pourtant, son cerveau était toujours actif. Sa mémoire vivait. Des computers presque parfaits continuaient de passer en revue les mêmes sempiternels problèmes, à ceci près que la plupart d'entre eux avaient maintenant une formulation qui les rendait insolubles. Et toujours, le va-et-vient des émotions, bien que l'alternance vertigineuse de l'extase et de l'angoisse eût presque complètement cessé. A l'occasion se constituait un éphémère embryon de personnalité. Les rôles qu'elle avait tour à tour tenus dans l'existence pendaient, vides de sens, dans l'innocence de son esprit, tels des costumes dans un théâtre déserté.

La nuit était tombée sur la piste du monde, et

seule une dernière lampe illuminait d'un faible éclat le décor de toile qui avait tenu lieu de réalité, si peu de temps auparavant. Balkani ne s'était pas trompé. Pas tout à fait. Le bonheur, le plus grand bonheur possible pour un être humain, ce pouvait être ça. Malheureusement, il ne restait personne pour en profiter.

8

Des robots la hissèrent hors de l'eau; avec d'infinies précautions, ils la couchèrent sur une table proche. Balkani lui ôta son casque.

– Bonjour, Miss Hiashi.

– Bonjour, docteur.

Elle avait une voix lointaine, une voix sans timbre qu'il reconnut aussitôt. Le phénomène lui était devenu familier, cette altération de la voix et des sens qui se produisait fréquemment en cours de thérapie.

– On la croirait en transe, fit observer Ringdahl, prosaïque. Voyons si elle est capable d'obéir à un ordre.

– Si vous croyez que c'est indispensable, marmonna Balkani, ne vous gênez pas. (Se rendait-il compte, ce crétin galonné, à quel point son intervention était irritante, à un stade aussi crucial de l'opération?)

– Miss Hiashi, énonça le commandant d'une voix qu'il espérait irrésistiblement hypnotique, vous allez dormir, dormir, dormir. Vous sombrez dans un sommeil profond...

– Vraiment? riposta la jeune femme sans manifester la moindre émotion.

– Je suis votre ami, dit Ringdahl. Est-ce que vous me comprenez?

– Tout être vivant est mon ami, répondit Joan sur le même ton absent.

Ringdahl se tourna vers Balkani.

– Que signifie ce charabia?

– Il leur arrive souvent d'émerger de l'état de privation sensorielle profond pour proférer des absurdités. Et je vous signale qu'elle ne fera rien de ce que vous lui demandez. Il est donc inutile de continuer à perdre ici votre précieux temps.

– Mais enfin, s'exclama le commandant avec exaspération, est-elle sous hypnose, oui ou non?

Balkani ouvrit la bouche pour répondre, mais la jeune femme fut plus prompte.

– C'est vous qui êtes sous hypnose, dit-elle.

– Ça alors! Mais faites donc quelque chose, Balkani! Sortez-la de ce sommeil! Entre nous, elle me flanque la chair de poule.

Le psychiatre semblait prendre beaucoup de plaisir à cette petite scène. Souriant, il toisa son supérieur.

– Ne comptez pas sur moi, commandant, pour la bonne raison qu'elle est aussi réveillée que vous et moi. Davantage, si possible.

– Comment! Vous allez la laisser dans cet état?

– Rassurez-vous. (Le médecin se permit une petite tape paternelle sur l'épaule de l'officier.) Dans quelques heures, elle aura retrouvé ses esprits. Si toutefois elle y tient.

– Si elle y tient? répéta Ringdahl sur un ton d'horreur véritable.

– Elle peut choisir de demeurer ainsi, murmura

Balkani. (Songeur, il regarda Joan Hiashi.) Qui êtes-vous, mon petit?

– Je suis vous.

Ringdahl jura entre ses dents.

– Tuez-la ou guérissez-la! Mais ne la laissez pas ainsi.

– La mort n'existe pas, dit Joan comme si elle était seule dans les bois en train de cueillir des pervenches. (Elle ne donnait certes pas l'impression de vouloir communiquer à tout prix; en fait, elle ne semblait pas du tout consciente de la présence des deux hommes.)

– Balkani, écoutez-moi, dit le commandant avec sévérité. Vous m'aviez assuré être en mesure de lui extirper son déviationnisme politique. Votre traitement l'a rendue pire qu'avant. Dois-je vous rappeler...

– Rien du tout, commandant Ringdahl. C'est à moi de vous rappeler quelques petites choses. Primo, je ne vous ai rien promis. Secundo, le traitement ne fait que commencer. Tertio, vous fourrez votre nez dans les problèmes qui dépassent votre compétence.

Outré, Ringdahl lui brandit sous le nez un index menaçant. Sur le point de se lancer dans une diatribe vengeresse, il en oublia le premier mot lorsque Joan, se dressant subitement sur son séant, annonça d'une voix atone :

– J'ai faim.

– Désirez-vous qu'on vous apporte un repas dans votre chambre? demanda Balkani, plein de sollicitude. (Il éprouvait pour elle une soudaine bouffée de sympathie.)

– Oh, oui, fit la jeune femme.

Ses mains montèrent à sa nuque et elle baissa le

zip de sa combinaison de cellophane. Sans la moindre gêne, elle en sortit une jambe, puis l'autre. Le commandant vira au rouge pivoine et détourna les yeux. Balkani la regarda enfiler ses propres vêtements. Une douleur poignante lui serra la poitrine à la vue de ce corps si mince, si délicat, presque un corps d'enfant dont il avait l'émouvante vulnérabilité. Il éprouvait l'étrange désir de la protéger en l'aidant à prolonger cet état de rêve éveillé dans lequel tous les hommes étaient frères et où la mort n'existait pas.

Joan quitta la pièce. Un pâle sourire, aussi énigmatique que celui de Mona Lisa ou de Bouddah, éclairait son visage. Comme elle passait devant lui, le médecin lui effleura le bras. Ainsi effleure-t-on fugitivement le corps d'un saint.

Son repas terminé, la jeune femme s'approcha de la fenêtre de sa cellule. Le soleil, comme une orange incandescente, descendait doucement sur l'horizon. La nuit menaçait. L'automne était en avance, par ici. Suspendue à quelques dizaines de centimètres de la fenêtre barrée, une feuille rouge accrochait les rayons obliques. Joan, fascinée, la regarda se balancer doucement.

Le soleil disparut.

La feuille n'était plus qu'une tache noire silhouettée contre le ciel pâle. Des étoiles, à peine discernables, s'allumèrent peu à peu. L'air chargé de sel collait à la peau.

Joan regardait toujours. La brise s'enfla. Elle lui cinglait le visage, à présent. Pourtant, une main pendante, l'autre posée sur l'appui lisse de la fenêtre, Joan regardait la feuille.

Elle n'avait pas bougé lorsque les derniers lambeaux de lumière se fondirent dans l'obscurité. Et même le vent déchaîné ne put l'arracher à sa contemplation.

Une heure passa.

Deux heures.

Comme consciente d'être observée, la feuille oscillait follement au rythme d'une musique silencieuse. A minuit, Joan était toujours à la fenêtre.

Elle y resta toute la nuit, et toute la nuit, la feuille dansa pour elle. Au petit jour, le vent ralentit son ardeur et la feuille tomba.

Lentement, lentement. Sa chute se gonfla en un arc paresseux, puis, d'un coup, elle zigzagua jusqu'à la multitude de celles qui l'avaient précédée et jonchaient le sol. Joan l'accompagna du regard et la perdit. Le soleil dardait ses doigts rouges à l'horizon.

Elle soupira. Le froid tomba sur elle. Elle prit conscience de sa peau bleuie, toute piquée de chair de poule. Elle frissonna et se mit à claquer des dents. Joan Hiashi était revenue à la normalité, si par normalité on entend ce monde sans feuilles où il est normal de vivre.

Percy X considéra avec stupeur sa main gauche bandée. Il s'était coupé lui-même à l'aide d'un fragment de verre qu'il avait brisé. La douleur aiguë l'avait arraché au vide qui l'aspirait à la suite de Joan, vide contre lequel elle était impuissante à lutter et qui menaçait de l'engloutir lui aussi. Pris de panique, il avait senti sa personnalité se dissoudre, se décomposer; en vain, il avait tenté d'interrompre le contact télépathique. En vain, jusqu'à l'accident...

Et voici que prudemment, furtivement, il réintégrait l'esprit de Joan – pour s'y retrouver en terre étrangère. Son hôte était une inconnue. Il reflua. Des gouttes de sueur perlèrent à son front.

Soudain, il sentit qu'on approchait. Les gardes.

La clé tourna dans la serrure. La porte s'ouvrit.

– Amène-toi, dit le garde.

Encadré par deux matons, il longea un couloir interminable. De chaque côté, les portes verrouillées défilaient avec une régularité géométrique. *Où m'emmènent-ils?* se demanda le prisonnier. Il sonda ses gardes. C'était auprès de Joan qu'ils l'emmenaient, sur ordre de Balkani! Mais pourquoi Balkani souhaitait-il les confronter? Sur un coup de tête, sans doute. Une idée, comme ça, jaillie sous l'influence de la drogue, puisque le célèbre psychiatre était, paraît-il, le roi des défoncés. Pourtant, Percy éprouvait malgré lui un sombre pressentiment. Jusque dans ses lubies, Balkani semblait animé d'un dessein énigmatique et monstrueux.

Ils arrivèrent devant la cellule de Joan. Ebahi, Percy constata que la porte en était entrouverte.

– Une visite pour vous, Miss Hiashi, annonça un garde.

Joan, allongée sur sa couchette, son regard fixe perdu au plafond, se redressa aussitôt.

– Salut, Percy! fit-elle, souriante.

Au premier coup d'œil, on voyait qu'elle n'était plus la même. Il émanait de toute sa personne un je ne sais quoi de sérieux, de réfléchi, qu'il n'avait jamais remarqué auparavant. Le garde referma la porte sur leur tête-à-tête.

– Tu as l'air d'une somnambule, dit Percy.

– Au contraire. J'ai l'impression d'émerger enfin d'un long sommeil. Assieds-toi. J'ai un tas de choses à te dire.

Sans enthousiasme, il s'installa à l'extrémité de la couchette.

– J'ai toujours proclamé à qui voulait l'entendre, y compris moi-même, que ma carrière à la télé constituait la priorité des priorités, commença Joan. C'était un fieffé mensonge, bien sûr, même si j'ai fait mon possible pour me persuader du contraire. Il m'est aussi arrivé de me croire amoureuse. De toi, par exemple. Autre mensonge. Ma carrière, je l'ai sabordée en partant à ta recherche dans la montagne, et pour ce qui est de mes « aventures », j'ai toujours trouvé le moyen de les étouffer dans l'œuf. Ça ne ratait jamais : chaque fois qu'un projet était sur le point d'aboutir, je m'arrangeais pour tout ficher en l'air. Je sais aujourd'hui que rien, au fond, ne me terrifiait comme la perspective du succès, l'idée d'obtenir enfin ce que j'avais si fortement désiré. Longtemps, j'ai cru qu'on m'en voulait, ou que la poisse s'acharnait contre moi, mais je suis le seul véritable ennemi que j'aie jamais eu. Toute ma vie durant, quand j'étais sur le point de toucher au but, j'ai vu surgir devant moi ce sempiternel fantôme qui me ressemblait comme une sœur et m'ordonnait de baisser les bras. Le Dr Balkani m'a donné un couteau; avec ce couteau, j'ai tué le fantôme. Comme il s'est débattu, Percy! Pendant des heures, je l'ai entendu hurler tandis que je le dépeçais pour en être à jamais débarrassée. Il est mort, maintenant, et si je ressens quelque chose à son égard, c'est une sorte de nostalgie. Joan Hiashi est morte, Percy, et je me retrouve seule.

– Tu es psychotique, dit Percy d'une voix dure. Ça n'a rien d'étonnant, après ce que tu viens d'endurer. Et je sais de quoi je parle : je suis resté en contact permanent avec toi.

– Non, Percy. Je ne suis pas folle. Balkani se contente de m'aider à trouver ce que j'ai toujours intimement désiré, quand je faisais semblant de courir après le succès, la gloire, l'argent et toi. Il me donne le courage de voir...

– Tu veux dire qu'il provoque ta mort psychique et spirituelle!

– Il me donne l'oubli.

– Enfin, ne vois-tu pas le mal qu'il t'a fait?

– Qui, Dieu? demanda Joan avec candeur.

– Non, Balkani!

– Le Dr Balkani est mon ami. Si j'ai un ennemi, ce doit être Dieu.

Il lui empoigna le bras et la fit pivoter vers lui.

– Je sais ce que tu as subi, comprends-tu? Je suis télépathe et je ne t'ai pas quittée un instant dans ce gouffre d'ombre où tu étais prisonnière. Tu ne décris rien que je n'ai moi-même ressenti. Joan, écoute-moi... (Il se tut, cherchant ses mots.) Tu m'as aimé. J'ai ressenti la même chose à ton égard. Qu'y avait-il de factice dans nos sentiments? (Il resserra son étreinte.) Réponds!

– Regarde-moi. Que vois-tu? Une petite poupée japonaise, n'est-ce pas? Je ne t'en veux pas. Je me suis présentée à toi comme un jouet et tu as joué avec moi. C'est normal. Mais je ne suis pas une poupée. Je suis grande, Percy. Grande comme une montagne. Et je suis lasse de courber l'échine.

Il la serrait si fort que ses articulations blanchirent.

– Mais qui te demande de courber l'échine?

– Tu es télépathe. Tu sondes l'esprit des gens, mais tu ne les comprends pas. Le Pr Balkani n'est pas télépathe, pourtant il comprend tout. D'où vient ce mystère, Percy? Moi, je sais. (Elle lui sourit à nouveau de son sourire mort, sans une once de gaieté.) Il lui a suffi de sonder un seul esprit, jusque dans ses plus noirs recoins. *Le sien.* Parce qu'il se comprend si bien, il n'a nul besoin d'être télépathe pour comprendre les autres. Il se drogue, me diras-tu. Et alors? Si tu pouvais te voir avec autant de lucidité qu'il se voit lui-même, toi aussi tu éprouverais le besoin de te droguer. Pour tenir le coup. Des monstres, voilà ce que nous sommes. D'ignobles créatures, perverties jusqu'à la moelle... (Elle s'exprimait lentement, d'une voix dénuée de toute passion.)

– Ne parle pas ainsi, dit Percy.

Elle détacha ses mains, sans hâte et sans colère.

– A partir de maintenant, je dis ce qu'il me plaît. Pour la première fois, je t'ai parlé en toute franchise et tu as réagi comme si tu t'étais trouvé confronté à une folle. Une psychotique, c'est ce que tu as dit? Okay. Je m'y attendais. Si je veux être prise au sérieux, la franchise ne suffira pas. Un peu de cruauté sera plus efficace. Alors, écoute-moi bien, Percy X. Je n'ai plus besoin de toi. De toi ni de personne. C'est ce que j'essayais de te faire comprendre.

Tard dans la soirée, lorsque le dernier client eut quitté le cabinet de consultation, Paul Rivers et Ed Newkom ouvrirent les caisses qui leur étaient parvenues le matin même par fusée.

– Des armes, j'espère? s'exclama Newkom. Il est temps que nous passions à l'attaque.

– Des armes, oui, en un certain sens.

Rivers n'en finissait pas de sortir de la première caisse des poignées entières de rembourrage en mousse de plastique. Au fond gisait un robot. Il y en avait un second dans l'autre caisse. Conçus à partir des prototypes que Balkani lui-même avait dessinés pendant la guerre. *Mais revus et corrigés de façon à servir mes propres objectifs,* songea Rivers.

– Et ça? demanda Newkom, qu'est-ce que c'est? Un émetteur de haute fréquence?

– Non. Un appareil de distorsion sensorielle. Une autre invention de Balkani. Réalisée avant la guerre, cette fois, sous l'égide du Centre de Recherche Psychédélique. Nous allons les mettre à l'essai dès maintenant, pour éviter les mauvaises surprises. Ensuite, nous reprendrons contact avec Percy. Il n'y a plus de temps à perdre.

Le jour se levait lorsque Percy, allongé les yeux grands ouverts sur sa couchette, entendit la petite voix intérieure.

– C'est pour demain, dit-elle.

– Mais comment? demanda le chef des partisans.

En peu de mots, Rivers lui traça les grandes lignes de son plan. Percy en fut impressionné.

– A présent, conclut Rivers, je vais me coucher. Quelques heures de sommeil ne me feront pas de mal. Vous devriez en faire autant. A demain, donc, sauf contrordre de dernière minute.

Percy sentit effectivement s'éteindre en lui l'esprit de son énigmatique sauveteur, comme si le courant avait été coupé. Il ne subsistait qu'une sensation de lassitude.

Dormir. C'était plus facile à dire qu'à faire. Une arrière-pensée le harcelait. Une angoisse diffuse qui sapait peu à peu sa force et sa résolution. Il se demanda ce que c'était.

Une image de Balkani se forma dans son esprit.

La barbe. La pipe. Les yeux de braise aux pupilles dilatées. Une certitude lui vint : *Quels que puissent être les futurs maîtres de cette planète, Balkani se frayera un chemin jusqu'aux classes dominantes... Et moi? Dieu sait ce qui a pu se passer dans le Tennessee! Et mes derniers partisans, si toutefois il en reste, que font-ils? Je dois sortir d'ici, et vite. Sinon, Balkani me possédera comme il a possédé cette pauvre Joan. Ce n'est qu'une question de temps. A ce moment-là, le destin de la résistance sera scellé.*

Comment, hanté par de telles pensées, aurait-il pu trouver le sommeil?

A l'aube, la benne à ordures s'amena, brimbalante et cahotante, le long de l'ancienne route côtière creusée de nids-de-poule et fit halte devant le poste de police qui gardait l'entrée du pont, comme elle l'avait fait tant de fois depuis tant d'années. Après un coup d'œil machinal, le garde lui fit signe de passer. Pestant, renâclant, haletant, l'antique camion traversa le pont à une seule arche débouchant sur la route d'accès à la prison. Nouvel arrêt devant les grilles. Nouvelle inspection succincte. Les grilles s'ouvrirent toutes grandes. La benne se traîna encore sur quelques dizaines de mètres et se rangea derrière le réfectoire des prisonniers. Deux hommes vêtus de blanc en descendirent. Ils se dirigèrent vers le hangar à poubelles à l'intérieur duquel ils disparurent.

Peu après, deux gardes émergeaient de ce même hangar. D'une démarche rapide, ils longèrent les couloirs qui, de la cuisine, conduisaient aux cellules.

Percy entendit la clé tourner dans la serrure.

– Inspection de routine, dit une voix. Veuillez sortir un instant dans le couloir.

Le prisonnier effectua un bref tour d'horizon télépathique. Personne en vue. Il regarda l'individu qui venait de parler. Il regarda son visage. C'était le sien. C'était celui de Percy X. L'espace d'un instant, l'homme Percy et le robot Percy s'entrobservèrent. Puis l'homme se glissa dans un angle du couloir inaccessible aux caméras de télévision. Quelques minutes plus tard, le robot entrait dans la cellule et s'allongeait sur la couchette. Revêtu de son uniforme, l'homme verrouilla la porte.

En toute hâte, il gagna la cellule de Joan Hiashi, se servant pour ouvrir les portes intermédiaires des combinaisons prélevées dans l'esprit des geôliers au cours de sa période prolongée de sondage tous azimuts.

Deux Joan Hiashi se tenaient sur le seuil de la cellule, l'une vêtue en prisonnière, l'autre en geôlière. Percy eût été bien incapable de discerner la vraie de la fausse, du moins pas avant que la « geôlière » ne lui chuchotât à l'oreille :

– Elle refuse de venir, monsieur.

– Si tu ne pars pas, moi non plus, fit-il d'une voix rauque.

Joan ne répondit pas. *Je ne puis accepter le sacrifice de ta vie,* pensa-t-elle. Alors, avec une lenteur exaspérante, elle entreprit de changer d'uniforme avec le robot.

Plus tard, deux gardes, un grand et un petit, entrèrent dans le hangar. Puis deux éboueurs, un grand et un petit, en sortirent, portant chacun une lourde poubelle. Le plus petit manqua plusieurs fois lâcher la sienne avant d'atteindre la benne, mais tout se déroula sans accroc. Deux autres voyages furent nécessaires pour vider toutes les ordures.

Leur tâche accomplie, les deux silhouettes en blanc grimpèrent dans le camion.

– Vous avez pris votre temps, aujourd'hui, fit observer le garde dans sa guérite.

– Un petit besoin pressant, expliqua Percy.

L'autre hocha vaguement la tête et, de la main, leur fit signe de continuer.

– Pourquoi ne nous a-t-il pas reconnus? murmura Joan.

– Regarde-moi, dit Percy.

Elle obéit et la stupeur lui écarquilla les yeux. L'homme assis à côté d'elle n'était pas Percy X.

– Ce sont les petits gadgets que nous portons à nos ceintures, déclara-t-il. Ils projettent une illusion dans l'esprit des gens. Grâce à eux, l'observateur ne voit que ce à quoi il s'attend. D'après Rivers, ce serait Balkani qui les aurait mis au point il y a bien des années.

– Oh, le Dr Paul Rivers, fit Joan à mi-voix. Je savais bien que nos chemins se croiseraient à nouveau...

Le garde posté à l'autre extrémité du pont tomba lui aussi dans le panneau comme une fleur. A partir de là, la voie était libre.

Assis sur le pare-chocs d'un véhicule ionosphérique dans un garage situé aux abords de la route côtière, Paul Rivers et Ed Newkom prenaient leur mal en patience. Adossés au mur, deux authentiques éboueurs, raides et silencieux, accommodaient à l'infini.

Rivers leur jeta un coup d'œil satisfait.

– Ainsi, je n'ai pas perdu tout mon pouvoir.

Jeune médecin, il avait été un fervent de l'hypnothérapie... tout comme Freud. *En mieux,* songea-t-il. *Il est tout de même plus intéressant de réserver son pouvoir hypnotique pour des occasions particulières.*

Comme celle-ci.

– Tu as du feu? demanda Newkom d'une voix tendue.

– Je ne fume pas. (Paul farfouilla dans sa poche et en ramena une boîte de tabac à chiquer de la marque Inchkenneth Dean Swift.) Le plaisir purement buccal n'est pas à dédaigner. Et avec ça, au moins, je ne m'encrasse pas les poumons.

– Je vais prendre l'allume-cigarettes de bord, marmonna Newkom, subitement pris d'une quinte de toux psychosomatique. La chique, c'est du chiqué! Je préfère les cacahuètes.

Il grimpa dans le véhicule, alluma sa cigarette et inhala une longue bouffée. Le silence tomba entre eux. L'un fumant, l'autre chiquant, ils écoutaient. Soudain, ils l'entendirent. Le lointain grondement du vieux camion achoppant contre les ornières de la route.

Paul dégringola au bas de son perchoir et, d'une secousse, ouvrit toute grande la porte du garage. Eructant et pétaradant, la benne s'engouffra dans l'ouverture. Un horrible couinement de freins se fit entendre. Percy coupa le contact et sauta à terre. Joan l'imita, plus lentement et comme à contrecœur. Rivers referma aussitôt la porte et s'approcha d'eux.

– Je suis Paul Rivers, annonça-t-il en échangeant avec le chef des partisans une vigoureuse poignée de main. Et voici mon complice et ami, le Pr Ed Newkom. Peut-être, Miss Hiashi, n'avez-vous pas oublié notre brève rencontre?

Sans un mot, Joan l'effleura de son regard mort. Rivers sentit son cœur se serrer. *Je me demande quel traitement ce démon lui a fait subir,* songea-t-il. *Une si adorable créature, et Balkani trouve le moyen de la transformer en Dieu sait quoi! Je pourrai peut-être l'aider.*

Il donna des ordres aux éboueurs sous hypnose puis recula, souriant, comme ils s'animaient docilement et réintégraient leur camion.

– Ouvrez la porte avant qu'ils ne l'enfoncent! cria-t-il à Percy.

Percy s'exécuta. L'antique moteur se réveilla dans un fracas assourdissant. Le camion tituba le long de la petite allée, prit un virage secoué et se retrouva le capot vers Oslo.

– Allons-nous-en d'ici! s'exclama Newkom en écrasant son mégot.

Tous les quatre prirent place dans le véhicule ionosphérique, Rivers aux commandes. Avec un *whoosh* impressionnant, le petit appareil s'éjecta du garage. L'instant d'après, il survolait les eaux paisibles du fjord.

– Dites-moi une chose, Dr Rivers, dit soudain Percy, évitant de faire usage de son pouvoir télépathique par égard pour ses nouveaux compagnons, pourquoi vous être donné tout ce mal? (Il ne pouvait se défendre d'une méfiance bien naturelle pour ces sauveurs tombés du ciel.)

Rivers eut un mince sourire.

– Nous avons un service à vous demander, fit-il d'une voix douce où se glissait un indubitable froncement de sourcils. Vous allez retourner dans le Tennessee et y mourir. En héros, si possible.

9

Comme il s'apprêtait à pénétrer dans son bureau, Rudolph Balkani se trouva nez à nez avec le commandant Ringdahl. Espérant en être quitte avec une inaudible formule de politesse, le psychiatre déchanta lorsque son supérieur lui empoigna autoritairement le bras.

– Un instant, Balkani. J'ai à vous parler.

Balkani s'immobilisa, non sans manifester tous les signes du plus vif agacement. L'autre le dévisageait avec attention.

– Si je comprends bien, professeur, vous travaillez maintenant avec Joan Hiashi et Percy X? Comment ça se présente?

Balkani évitait son regard.

– Plutôt mal, si vous voulez le savoir. (Ses yeux se firent songeurs. Il fronça les sourcils et caressa d'une main distraite sa barbe hérissée.) Leurs réactions sont devenues quasiment mécaniques.

Le commandant le gratifia d'une grande claque dans le dos... un geste amical en apparence, dont Balkani éprouva toute la force contenue.

– Ne les lâchez pas, surtout. Continuez de les harceler. Tôt ou tard, ils craqueront. Après tout, ce ne sont que des êtres humains!

Enfin seul, Balkani se sentit plus déprimé que jamais. Il était dans une impasse. Et cette insistance horripilante de Ringdahl : « Tôt ou tard, ils craqueront! » *Je suis ici pour les guérir, et non pour les briser,* se répéta-t-il.

Puis ses pensées se concentrèrent sur Joan Hiashi. Un cas passionnant, en contradiction avec toutes ses précédentes découvertes. Personne n'avait encore réagi de cette façon à la thérapie de l'oubli absolu. A cause d'elle, il allait devoir ajouter un chapitre complet à sa thèse sur la Nouvelle Psycho-analyse. *Et si c'était ma théorie qui était erronée?* Quelle horrible perspective... le travail d'une vie entière réduit à néant par la faute d'une seule petite exception! Pourtant, Balkani ne se faisait aucune illusion : les exceptions de ce type ne confirment pas la règle; elles la font voler en éclats!

En l'état actuel des choses, le dernier chapitre, le plus important, n'était encore qu'à moitié rédigé. Impossible de l'achever, cependant, tant que le dossier Joan Hiashi n'aurait pas été bouclé d'une manière ou d'une autre. *Je lui ferai peut-être l'honneur de donner son nom à une maladie mentale... Le Complexe Hiashi. Non, trop ambitieux. Le Syndrome Hiashi. Parfait.*

Ayant refermé la porte de son bureau, il gagna le divan sur lequel il se laissa tomber. Un buste terni de Sigmund Freud dominait la bibliothèque. Balkani lui décocha un regard furibond. Nul n'aurait pu imaginer figure de père aussi rébarbative.

Il consulta sa montre. Joan Hiashi avait encore cinq minutes de retard. Ces gardes étaient vraiment impossibles. Ils devaient être en train de la tripoter avec leurs grosses pattes sales. Balkani se leva brusquement, arpenta la pièce, puis se rassit et sortit sa pipe et sa blague à tabac.

Des pas résonnèrent dans le couloir. Il sauta sur ses pieds. Un peu de tabac s'échappa de la blague. La porte s'ouvrit. Elle était devant lui.

– Bonjour, professeur. (Le garde referma la porte. Depuis quelque temps, Joan arborait à chaque entrevue la même expression lointaine, indifférente.) Quel est le programme, aujourd'hui? (Elle s'approcha sans bruit et s'assit en face de lui.)

– Le réservoir, dit Balkani. Ou des tests multiphases. Nous pourrions aussi bavarder gentiment, qu'en dites-vous? Nous n'avons même pas fait connaissance...

– Comme vous voudrez, professeur.

Si seulement elle pouvait manifester un sentiment quelconque à son égard. Elle ne semblait éprouver ni haine ni affection. Il résolut de lancer un ballon d'essai :

– Appelez-moi Rudolph, d'accord?

– Comme vous voudrez, Rudolph.

– Voilà qui est mieux. (Rien n'était plus faux, évidemment. Sa voix avait eu la même sonorité absente, impassible. Soudain, il perdit patience.) Un petit plongeon dans le bassin me paraît tout indiqué, vous n'êtes pas de mon avis?

S'il avait espéré provoquer un mouvement d'humeur, ou même de lassitude, il en fut pour ses frais. Docile, elle entreprit de se dévêtir sous le regard figé du psychiatre. Il avait les mains moites. Lorsqu'il n'y eut plus rien à ôter, elle se tint devant lui.

Il décrocha la combinaison de la patère et s'approcha d'elle en hésitant.

– Puis-je vous aider? demanda-t-il d'une voix faible.

– Comme vous voudrez, Rudolph.

De ses doigts tremblants, il l'aida à enfiler le vêtement. Il remonta le zip et, juste avant d'arriver au sommet, lui déposa un furtif baiser sur la nuque. Puis, la prenant par la main, il l'entraîna vers le bassin.

Les deux robots la firent descendre. Balkani surveillait sur le polygraphe les schémas étrangement mécaniques dessinés par ses ondes encéphaliques. Stupéfiant. Unique. Il n'avait jamais rien vu de tel et ça ne lui plaisait pas. Mais alors, pas du tout.

Que pouvait-il faire? Pour l'instant, continuer la

thérapie. La situation, il n'avait pas fini de se demander pourquoi, lui avait complètement échappé.

Paul Rivers maintenait l'appareil à si basse altitude que les antiques fils télégraphiques encore en usage dans le Tennessee défilaient au-dessus d'eux. *D'accord, personne ne nous recherche encore,* songeait-il, *mais les montagnes ne sont plus très loin et mieux vaut ne pas attirer l'attention des radars pervertis.*

Ils volaient tous feux éteints, à l'exception des phares à infrarouges. Paul avait chaussé des lunettes d'approche. Par malheur, un plafond nuageux uniforme occultait le ciel.

En raison de leur faible altitude, leur vitesse était tombée à 150 km/h. Les risques d'être pris en chasse étaient minimes, croyaient-ils. Quelle ne fut donc pas leur émotion lorsque la radio de bord, réglée sur la longeur d'onde de la police locale, sortit de son mutisme pour annoncer brièvement : « Appareil non identifié repéré dans le secteur C, volant vers le Sud tous feux éteints. Ici le Quartier Général. Je répète : appareil non identifié repéré dans le secteur C. Ordre de l'intercepter à tout prix. Tente peut-être de rejoindre la résistance. »

– Sortez les fusils laser, ordonna Rivers d'une voix calme.

Percy X et Ed Newkom se hâtèrent en silence. Indifférente au danger, Joan continuait de regarder la nuit de ses yeux agrandis par la sagesse.

L'appareil prit quelques mètres d'altitude. Sa vitesse atteignit progressivement 300 km/h. Il frôlait toujours la cime des arbres, Rivers estimant préférable de serrer le sol aussi longtemps que la police n'aurait pas déterminé plus précisément leur position. Un coup d'œil sur l'écran radar lui révéla que deux appareils ultra rapides leur filaient le train à plus haute altitude. *Ils vont d'abord s'efforcer de nous prendre vivants,* espéra-t-il.

– Deux véhicules de la police nous ont pris en chasse, dit-il à Percy. Ils se rapprochent.

– Je vois leurs feux de position.

Agenouillé contre l'écoutille ouverte, ses vêtements plaqués contre lui par le vent, le partisan épaula son fusil.

– Essayez de les liquider avant que l'un ou l'autre n'ait le temps de riposter.

Sans prendre la peine de répondre, Percy lâcha deux courtes rafales. Une des cibles explosa; l'autre zigzagua sur une courte distance puis, telle une brique aérodynamique, piqua du nez vers le sol. Elle se ficha dans le flanc d'une colline.

L'alerte passée, Rivers changea de cap, deux fois de suite. Leur vitesse franchit le seuil dangereux des 500 km/h. Les arbres défilaient si vite, désormais, que le pilote n'aurait pas le temps d'esquiver une branche plus haute que les autres. Ce fut le moment que choisit la radio pour déclarer sur le même ton imperturbable : « Appareil non identifié indiscutablement ennemi. Il vient d'abattre deux de nos patrouilleurs. Ordre à toutes les unités : tirez sans sommation! »

En un sens, songea Paul, *notre situation présente un aspect positif. Elle ne peut pas être pire, et c'est déjà ça.*

Il se trompait, bien sûr.

A cet instant précis, un câble à haute tension surgit de l'obscurité, droit devant. A 500 km/h, inutile d'envisager une correction de trajectoire, si légère fût-elle. Le pilote se cramponna de toutes ses forces aux commandes. L'impact d'une violence inouïe le projeta en avant! Sa tête percuta le tableau de bord. Sans les réflexes imprimés dans son subconscient par des années passées à piloter toutes sortes d'engins dans des conditions impossibles, les quatre occupants du petit appareil n'auraient pas survécu plus de quelques secondes à ce choc. Etourdi, la vue brouillée, Rivers lutta avec l'énergie du désespoir pour conserver le contrôle de sa machine qui s'était mise en vrille et perdait peu à peu de l'altitude. Puis tout se passa très vite. Un second choc, plus amorti que le précédent, se répercuta en ondes douloureuses à travers le corps de Rivers et la terre bascula : ils venaient de heurter le flanc sablonneux d'une colline et rebondissaient dans les airs.

Par miracle, il parvint à maîtriser les pirouettes folles de l'appareil. Il remonta de quelques pieds. Les trois passagers gisaient sans connaissance. Beaucoup plus grave, les grilles ioniques du petit vaisseau étaient endommagées et menaçaient de lâcher à tout instant. Déjà, le moteur faiblissait. Rivers dut se rendre à l'évidence. S'il ne se posait pas très vite, c'était la fin. *Etre obligés de continuer à pied, quelle barbe!* songea-t-il.

« Appareil non identifié encerclé! mugit la radio. Ordre de refermer l'étau. Tirez à vue, et pas de quartier! »

– Le moment est venu de vous brancher sur la communication de l'Esprit Collectif, monsieur, dit le chronométreur. (Le minuscule larb eut un geste timide en direction de l'amplificateur d'ondes psychiques.)

– Comment? marmonna Mekkis, l'esprit ailleurs.

– Monsieur, c'est la troisième fois ce mois-ci que vous manquez le rendez-vous. Qui vous informera de ce qui se passe chez nous?

Mekkis le foudroya du regard.

– Ne voyez-vous pas que d'autres problèmes, autrement plus importants, m'accaparent? D'ailleurs, je me doute de ce qui se passe là-bas. Mes ennemis s'en donnent à cœur joie à mes dépens. A quoi bon me brancher? Croyez-vous que j'aie envie de me repaître de leur satisfaction mauvaise?

– Peut-être, fit l'Oracle d'une voix sinistre, mais les ténèbres qui menacent ne viennent pas de notre planète.

Le chronométreur, froissé, s'éclipsa en silence. Mekkis put à nouveau se consacrer en toute quiétude aux problèmes « autrement plus importants », à savoir la lecture des œuvres complètes du Pr Rudolph Balkani. Il avait fait mettre sur microfilms l'ensemble des ouvrages disponibles qu'il s'était procurés par le biais du Bureau de Contrôle Culturel et depuis, cette activité absorbait tout son temps. Aucun penseur ne l'avait jamais obsédé à ce point. La toute première phrase du premier volume lui avait fait l'effet d'un coup de poing.

« Il y a sur cette planète un nombre d'hommes considérable mais limité. Ces hommes peuvent se reproduire de façon illimitée. Par conséquent, je suis plus grand que l'espèce humaine dans son ensemble. »

Jamais un être habitué à la fusion téléphatique de l'Esprit Collectif n'aurait pu engendrer une telle pensée, mais il en émanait un je ne sais quoi, une sorte d'égotisme délirant, plausible dans son extraordinaire arrogance, qui éveillait un écho complice au plus profond de cette parcelle encore inviolée de l'esprit de Mekkis. Complicité secrète expliquant dans une certaine mesure l'incompatibilité d'humeur qu'il avait toujours ressentie vis-à-vis des autres membres de la classe dirigeante ganymédienne. *Ils sont contre moi, tous jusqu'au dernier,* pensa-t-il, *pourtant, je suis certain d'avoir raison! En fait, depuis le début, je n'ai jamais cessé d'avoir raison. Par conséquent, Balkani doit avoir raison, lui aussi. Un individu peut vraiment s'élever au-dessus de l'espèce dont il est issu.*

Il fut frappé par le caractère scandaleux de la méthode de Balkani. Au lieu de se livrer à des expériences systématiques afin de faire reculer avec prudence les limites du savoir, il se contentait d'explorer ses propres activités mentales, puis d'élucubrer à partir du résultat de ses observations, balayant d'une seule remarque douteuse des pans entiers de la psychanalyse, oubliant jusqu'à la politesse la plus élémentaire, sans parler de l'honnêteté scientifique. Mais cette méthode portait ses fruits. Avec une belle impudence, le grand Balkani se vautrait dans l'inconnu, assenant les affirmations dogmatiques comme s'il s'agissait de faits démontrés, simplement parce qu'il avait eu l'intuition fulgurante de leur exactitude.

D'autres prenaient la relève. De pieux disciples, qui recueillaient ses idées, les mettaient à l'épreuve et produisaient des miracles.

Une méthode efficace de développement du pouvoir télépathique; une psychothérapie ahurissante qui semblait tendre de toutes ses forces à détruire l'ego du patient et parvenait néanmoins à guérir en quelques semaines des maux prétendus incurables, tels que la toxicomanie ou la schizophrénie galopante.

Une théorie magnétique des fonctions mentales débouchant sur un contrôle absolu ou partiel de l'esprit par l'utilisation des différents champs magnétiques.

Un moyen de mesurer la simultanéité engendrée par les schizophrènes en altérant de façon durable la trame des probabilités, ce qui avait pour conséquence d'instaurer une apparente collaboration entre l'univers objectif et l'individu aliéné, œuvrant ensemble à la création d'un monde semi-réel au sein duquel les plus secrètes hantises du sujet pouvaient, contre toute vraisemblance, se *matérialiser.*

Qu'est-ce qui impressionnait le plus Mekkis? Les résultats obtenus ou Balkani? Balkani, naturellement. Car Mekkis, insensiblement, commençait à s'identifier au professeur. Il se sentait en parfaite harmonie avec cet homme qui caressait l'humanité entière à rebrousse-poil.

Le plus drôle, songeait-il, *serait que je devienne une sorte de Balkani ganymédien...*

Levant un instant les yeux, il constata que l'un de ses larbs secrétaires tapait depuis bientôt une minute dans l'espoir d'attirer son attention.

– Gus Swenesgard est ici, monsieur l'Administrateur.

– Je n'ai pas le temps de le recevoir. A-t-il précisé ce qu'il voulait?

– Il réclame d'autres unités de combat. Il se fait fort de nettoyer les collines, si seulement vous voulez bien lui faire cadeau de quelques troupes d'assaut.

Mekkis émit un claquement de langue agacé. La résistance lui était complètement sortie de l'esprit. Avant d'être interrompu, il s'efforçait d'appréhender un point particulièrement obscur de la logique illogique de « Télékynésie et Pouvoirs Psy ».

– Donnez-lui ce qu'il réclame, mais ne le perdez pas de vue. Je ne veux plus en entendre parler.

– Cependant...

– Suffit!

Du bout de sa langue, il appuya sur le bouton de la visionneuse qui permettait de passer à l'image suivante.

Le larb s'en fut avec un haussement d'épaules. Mekkis chassa aussitôt ce bref échange de sa mémoire. Sur l'écran apparaissait un titre qu'il déchiffra avec délice : *La Théorie du Point Nodal.*

Lorsque Gus entendit de la bouche du larb l'incroyable réponse de l'Administrateur, il répéta d'une voix anxieuse :

– Qu'on me donne tout ce que je désire, c'est ce qu'il a dit?

– C'est ce qu'il a dit, confirma le secrétaire sans enthousiasme.

Gus le gratifia de son sourire numéro un.

– Alors, écoutez-moi bien. Primo, j'exige que toutes les unités de combat ganymédiennes soient transférées sous mon commandement. Ensuite... (Il considéra la question d'un air pensif...) Un petit remaniement gouvernemental me paraît tout indiqué.

– Pour qui vous prenez-vous? riposta le larb avec hargne.

Gus se contenta d'un ricanement exaspérant.

– Désormais, fit-il en assenant au malheureux une grande claque dans le dos, c'est moi le patron. Oui, monsieur!

Il se mit à siffloter avec entrain. Il sifflotait toujours en quittant le QG Gany. Sans savoir ni pourquoi ni comment, il avait réalisé une excellente opération.

La nuit tombait. Paul Rivers discerna le ruban clair d'une route sur laquelle filait un énorme camion, perforant la pénombre de ses phares. Sa décision fut aussitôt prise. Il abaissa la manette. L'appareil fut lent à réagir, mais bientôt, au grand soulagement du pilote, il amorça sa descente vers l'arrière du camion.

Maintenant! Rivers coupa le contact. Profitant des derniers soubresauts du moteur, il s'engouffra dans la partie supérieure ouverte du camion et s'affaissa sur son chargement avec un *crac* retentissant. Le visage ébahi du chauffeur se colla contre la vitre arrière de la cabine. Rivers prit son fusil laser et mit le bonhomme en joue.

– T'occupe pas! cria-t-il d'une voix forte pour couvrir le grondement du camion. Roule!

Le chauffeur eut un sourire narquois.

– C'est toi qui commandes, mon vieux. (Il se détourna et reporta son attention sur la route.)

Il doit nous prendre pour des pirates, songea Rivers. *A la première occasion, il alertera la police.* Et la police, bien sûr, se matérialiserait dans les secondes suivantes.

Mais le chauffeur était un Nègre. Comprenant la chance qui s'offrait à eux, Rivers se mit en devoir de secouer Percy.

– Réveillez-vous, bon Dieu, et dites à cet imbécile qui vous êtes. Vite!

Percy battit des paupières. En deux coups de sonde télépathique, il comprit ce qui se passait dans l'esprit de Rivers et dans celui du chauffeur. Il se redressa.

– Hey! cria-t-il. Papa, c'est à toi que je m'adresse. Tu sais qui je suis?

Le chauffeur scruta son rétroviseur.

– Ouais! Tu serais Percy X que ça ne m'étonnerait pas. J'aurais bien pris le maquis, moi aussi, mais j'ai une femme et des gosses. Si j'étais pas là pour veiller au grain, ils seraient capables de se taper sur la gueule! (Il partit d'un rire moqueur.)

– Vous n'iriez pas par hasard du côté de la plantation de Gus Swenesgard? demanda Rivers, plein d'espoir.

– Je roule vers le Nord.

– Parfait, dit Percy, visiblement soulagé. De là, je me débrouillerai pour rejoindre mes hommes. (Il regarda Rivers.) Venez-vous avec moi?

Paul jeta un coup d'œil sur Joan Hiashi.

– Non, Ed et moi-même continuerons de notre côté.

– Vous avez l'intention d'emmener Joan avec vous?

– Elle sera plus en sécurité.

– Par les temps qui courent, on n'est en sécurité nulle part, riposta Percy d'une voix mordante.

– Avez-vous envie qu'elle guérisse, oui ou non?

– Vous me promettez de me tenir au courant de son état? demanda Percy après un silence.

Comme Rivers allait répondre, un appareil passa en sifflant au-dessus d'eux, puis un second, puis un troisième. « Où sont-ils passés? geignit la radio. Ils se sont volatilisés! »

« Ces sales Nigs ont dégoté de nouvelles armes, répondit en grésillant une autre voix. J'en ai entendu parler à la télé. Paraît qu'elles peuvent les rendre invisibles! »

« C'est toujours la même chose avec les Nègres, soupira un troisième flic. Ils sont jamais là quand on a besoin d'eux. »

Percy et Rivers échangèrent un large sourire.

10

L'ascension avait été longue et pénible. Ils avaient enfin atteint la grotte où était cachée la plus énigmatique de toutes les armes barbotées au fond du trou creusé par Gus Swenesgard.

Tous avaient les jambes coupées.

Assis à l'ombre, Percy examinait le manuel qui accompagnait une machine d'aspect anodin, assez semblable à un oscillateur de haute fréquence.

– Jetez un coup d'œil là-dessus, dit-il aux hommes affalés, le regard vide, autour de lui. (Le manuel passa de main en main.)

– Ça pue le Pr Balkani, fit soudain l'un des partisans.

Un promeneur nonchalant fit son apparition. C'était Lincoln. Il se laissa choir à côté de Percy, prit le manuel qu'on lui tendait et le feuilleta.

– A mon avis, dit-il, il vaut mieux ne pas toucher à ce truc-là. S'ils ne s'en sont pas servi pendant la guerre, ils devaient avoir de bonnes raisons pour ça.

– Tel argument valable pour ces fumiers de pervertis ne l'est pas forcément pour nous, fit observer Percy sur un ton farouche.

– Sans doute, sans doute. (Lincoln ôta ses lunettes rafistolées et les brandit avec véhémence.) Pour les autres armes, *toutes* les autres, je ne dis pas. Ces gadgets nous ont été d'une grande utilité, même s'ils sont un peu terrifiants.

– Terrifiants? demanda Percy d'une voix où perçait une pointe de défi.

– Ne fais pas l'innocent, Percy. Ces machins sont censés produire des illusions, mais justement, c'est là que les choses se compliquent. As-tu déjà vu une illusion laisser des empreintes? Ou tuer un homme?

– Non. Et ça ne m'arrivera pas de sitôt!

– Cause toujours. Ecoute, ces armes ont quelque chose de bizarre. Sers-t'en une fois, rien qu'une, et tu ne seras plus jamais le même. Tu commenceras à te poser des questions idiotes sur ce qui est vrai et ce qui ne l'est pas ou sur la vraie et la fausse réalité...

Percy le considéra avec attention.

– Pourtant, tu n'as pas hésité à t'en servir, n'est-ce pas?

– De toutes, oui, sauf de celle-ci. Cette machine est différente. D'après le manuel, elle n'a jamais été expérimentée et ne *peut pas l'être.* Personne, pas même celui qui l'a construite, ne sait au juste ce qui en sortira. Mais quand on sait ce que les autres sont capables de faire...

– S'il le faut, moi, je m'en servirai, murmura Percy. Une arme n'est jamais trop puissante. (*Même,* songea-t-il, *si Balkani en est le créateur.)*

Il fallut un certain temps au bon vieux Dr Burns pour localiser à l'aide de rayons X le dispositif de destruction instantanée que les techniciens Gany avaient inséré sous l'épiderme du bras gauche de

Gus Swenesgard. A partir de là, l'enlever fut un jeu d'enfant.

– Je me sens vraiment l'esprit plus léger, dit Gus en allumant un cigare bon marché. (Il examina avec intérêt son pansement organique.) Tu es certain que ce joujou n'a pas un petit frère quelque part?

– Catégorique. (Le docteur disposa ses instruments dans le stérilisateur et fit monter la flamme.)

Gus tira avidement sur son cigare, cherchant sans s'en rendre compte à chasser de ses narines l'odeur d'hôpital, ce relent tenace de désinfectant qui pervertissait l'atmosphère de la salle d'opération.

– Tu n'es peut-être pas ou courant, dit-il, pensif, mais c'est une étoile montante au firmament politique que tu viens d'opérer.

– Hmmmm, fit le Dr Burns.

– C'est comme ça, mon cher. (Débarrassé de l'obsédante menace, il éprouvait à nouveau le sentiment exaltant de son importance.) Tu peux me croire! Cet Administrateur Gany, il a le nez plongé dans ses films du matin au soir et il se moque pas mal de ce qui se passe dans la province. Tu sais qui gère la baraque, à présent?

– Qui? demanda le docteur, l'air innocent.

– Ton serviteur! Et j'ai des projets, figure-toi. Que dirais-tu, par exemple, si je te confiais que je n'ai jamais eu l'intention de déloger ces Nigs? Et si j'ajoutais que, bien au contraire, j'envisage de négocier avec eux? Que dirais-tu?

– Je dirais que t'es tombé sur ta nom de Dieu de tête de linotte en bois, répondit le docteur, laconique à son habitude.

– Ecoute donc, toubib. Ces Nigs ont fait main basse sur d'étranges machines – qui m'appartenaient, soit dit en passant – des stocks de la guerre, et ils ont commencé à s'en servir contre nous. Ils sont trop débiles pour s'en rendre compte, mais avec du matériel aussi sensationnel, ils pourraient flanquer à ces sacrés vers une dégelée dont ils se souviendraient. Qui sait? Ils pourraient même leur reprendre la planète. Et dis-toi bien une chose, toubib : celui qui contrôlera ces armes contrôlera la Terre.

– Fais comme tu voudras, Gus! Méfie-toi seulement de ne pas devenir trop grand pour tes bottes.

– Qui ne risque rien n'a rien, répliqua Gus en assenant une claque retentissante sur le dos du vieillard.

Une demi-heure plus tard, il se trouvait dans la case d'un Oncle Tom de confiance. Un transistor beuglant sur les genoux, il se balançait dans un rocking chair.

– T'occupe pas de la musique, dit-il. C'est juste pour couvrir nos voix au cas où ton petit nid aurait été microté. Il se peut aussi qu'on soit en train de le surveiller avec un appareil d'écoute à distance.

– Qu'avez-vous donc à me dire de si secret, monsieur Swenesgard? demanda Little Joe, petite créature efflanquée, Tom exemplaire qui « savait tenir sa place ».

– Je veux que tu ailles dans les montagnes, Little Joe, dit Gus d'une voix doucereuse en plaçant sur l'épaule du nègre une main toute paternelle.

– Moi? Que j'aille au milieu de ces sauvages?

– Je veux que tu parles à leur nouveau chef, à présent que les Gany ont mis Percy sous les verrous. Dis-lui que j'ai décidé de conclure un marché avec eux. Nous pourrions mettre nos forces en commun – sous ma responsabilité, bien sûr, mais on pourrait envisager la création d'une sorte de conseil de la résistance qui me soutiendrait. Je suis persuadé... – non, j'en ai la certitude – que sous mon commandement et grâce à leurs armes et à leurs troupes, nous pouvons écraser les Ganymédiens. Va et transmets-leur mon message.

– Faut-il vraiment que j'y aille, monsieur Swenesgard? geignit Little Joe.

– Oui, mon petit, fit Gus sur un ton solennel. Il le faut.

– Okay, monsieur Swenesgard. Je n'y manquerai pas, je vous le promets et je tâcherai d'y penser la semaine prochaine.

– Non, Little Joe. Pas la semaine prochaine.

– Demain?

– Aujourd'hui, petit. Je te donne trente secondes.

Little Joe laissa tomber ses maigres épaules. Son visage exprimait toute la détresse du monde.

– Bon. Si vous le dites, monsieur Swenesgard.

Le commandant Ringdahl ne pouvait tenir en place. D'un pas fiévreux, il arpentait le salon de Rudolph Balkani, à Oslo.

– Enfin, avez-vous ou n'avez-vous pas mis au point pour les Nations Unies une sorte de système électronique d'aliénation mentale?

– En effet, dit Balkani. Une arme formidable. Ils n'ont même pas été fichus de s'en servir.

– Il semblerait que peu de temps avant la capture de leur chef, les partisans se soient emparés de cette arme infernale. Elle avait été enterrée dans le Tennessee, au pied des montagnes. Le Grand Conseil Gany est préoccupé, je ne vous le cache pas. En quoi consiste exactement le pouvoir de cette arme?

– Je ne sais pas au juste, mais on doit obtenir des résultats surprenants. Chaque individu continue de percevoir la réalité, sauf qu'elle se présente à lui sous la forme d'une hallucination, d'une vision intime, en quelque sorte, qui n'a plus aucun rapport avec le vocabulaire commun des images. Il en découle un sentiment de claustration croissant. La victime n'est pas à proprement parler isolée; elle a toujours conscience de la « réalité », mais pour elle, cette réalité a perdu la tête. L'aspect le plus savoureux de ce mécanisme diabolique, c'est qu'il n'attaque que les zones de perception de la structure neurologique. Le fonctionnement du lobe frontal – la connaissance – n'est pas atteint. Le sujet n'a rien perdu de sa lucidité; il se passe simplement que les informations perçues par les centres cérébraux intacts demeurent opaques et ne peuvent plus être traduites en termes de...

Ainsi continua Balkani, mais l'histoire en cours n'a que faire de la suite de son délire. Quand il s'arrêta enfin, hors d'haleine, il sortit précipitamment la petite boîte en argent qui ne le quittait jamais et avala une pilule.

– Si j'ai bien compris, balbutia Ringdahl, effaré, le cerveau de l'utilisateur de l'arme est tout aussi atteint que celui de la victime?

– Ce qu'on demande avant tout à une arme, répliqua Balkani avec hauteur, c'est moins de détruire que de défendre son propriétaire. L'engin dont nous parlons désoriente autant son utilisateur que sa cible. Il agit sur le point de convergence de tous les esprits placés dans un champ synchronique donné. Par conséquent, il n'épargnera sans doute aucun être pensant vivant sur cette planète et même sur Ganymède puisqu'ils sont en liaison télépathique avec leurs représentants chez nous.

– Il est fort possible que les Nigs ne se laissent pas arrêter par les conséquences suicidaires que vous venez de décrire...

Balkani eut un mince sourire. Il ouvrit à nouveau la petite boîte d'argent ciselé et choisit une autre pilule. Au hasard.

Des plaques de neige s'accrochent aux flancs noyés de brume de la montagne. La nuit n'en finit pas de tomber.

L'heure est calme. Troublant cette incertitude étrange et vaguement menaçante du crépuscule, s'élève le grésillement des criquets.

Juché sur une branche morte, un corbeau à l'œil brillant de convoitise scrute les herbes folles infestées de chiendent. Silencieux, indifférent à la brise qui ébouriffe ses plumes, il regarde, tandis que lentement, la lumière décroît.

Quelque chose s'écoule dans l'herbe. Un liquide sombre, presque noir dans la pénombre. Cela s'écoule sans bruit, sans hâte, avant d'être absorbé par la poussière de la route. Du sang.

Un cadavre est allongé là, à demi dissimulé par les hautes herbes. On ne le trouvera pas avant le lendemain matin. C'est un petit homme à la peau sombre, chétif, fragile. Il est allongé les bras en croix, face contre terre. Il est nu. Il s'appelait Little Joe.

Sur son dos, sculpté au rayon laser dans la chair grillée et le sang coagulé, un message :

NOUS N'AVONS PAS BESOIN DE TOI, HOMME BLANC!

11

« On a repéré un groupe de partisans en train de traverser la forêt, secteur 27-39, annonça d'une voix mécanique la tour de guet. Ils sont sept. Chiffre confirmé. »

Gus se trouvait dans l'avion de tête d'une petite formation de dix bombardiers éclaireurs.

– Restez à basse altitude, ordonna-t-il dans le micro. Hors du champ visuel de l'objectif.

Ils sont d'une imprudence, depuis que Percy X n'est plus là pour les pouponner, songea-t-il. Faire une sortie en plein jour! Il fallait vraiment être devenu fou.

– Nous allons les encercler, dit-il dans le micro. Déployez-vous et quand vous serez en position, faites-moi signe. Mais prenez garde de rester au ras des arbres et de ne jamais vous laisser voir. Avec ces armes diaboliques, on ne sait jamais.

La petite formation se fractionna, chaque appareil empruntant une trajectoire différente. Gus amena le sien au-dessus du versant de la colline opposé à celui que gravissaient les partisans. *Avec l'effet de surprise,* songea-t-il, *on va les canarder comme des lapins. Ces salopards vont payer pour le meurtre de Little Joe.*

Le sifflement du courant d'air descendant à travers les grilles de l'appareil était si ténu qu'il laissait filtrer jusqu'aux oreilles du pilote le gazouillis des oiseaux. Gus espérait avec ferveur que les partisans n'étaient pas en possession des instruments sophistiqués indispensables pour détecter cet imperceptible sifflement et l'isoler de l'incessant chuintement du vent dans les arbres. Cette crainte était ridicule. Où et quand les militants Nigs auraient-ils pu se procurer de tels instruments?

Le pilotage étant entièrement automatique, Gus n'avait rien à faire sinon se renverser dans son fauteuil et fumer un de ses cigares favoris. Et rêver, bien sûr. *D'une façon ou d'autre autre,* se disait-il, *Gus Swenesgard est parti pour aller très loin. Et quand je dis très loin...* Réussir là où les Gany eux-mêmes avaient échoué, c'est-à-dire nettoyer les collines une bonne fois pour toutes, il n'en faudrait pas plus pour le parachuter à la tête de la province – et, qui sait, peut-être plus haut encore. Pourquoi pas perverti d'honneur pour tout le continent nord-américain?

Il s'imagina, sermonnant Mekkis après que les partisans vaincus auraient déposé les armes. *Je suis un fils du peuple. Le Terrien moyen verra en moi son égal et s'identifiera d'autant plus spontanément à mon programme. Cela leur donnera à réfléchir, de voir qu'un pauvre bougre dans leur genre a pu se hisser jusqu'au sommet...*

Hum. Cela manquait un peu de conviction, mais dans les grandes lignes, c'était ça, et Gus avait tout le temps de peaufiner la sauce.

Soudain, le signal attendu lui parvint. Quand chaque bombardier eut atteint sa position respective, Gus prit le micro et lança :

– Okay! Ramenez-moi tout ça à l'âge de pierre!

Puis il enjoignit à son propre appareil l'ordre de s'élever au-dessus de la crête de la colline d'où il pourrait surveiller les opérations. Il n'avait nullement l'intention de risquer sa peau en prenant part à l'attaque. Lorsqu'il fut à la verticale de la colline, il vit les autres bombardiers surgir de toutes les directions pour converger en un point situé à deux kilomètres. L'oreille tendue, il guetta le bruit de l'explosion.

Mais rien ne vint.

– Qu'est-ce que vous attendez? aboya-t-il dans le micro.

– Ils ont disparu! lui répondit un larb d'une voix mal assurée.

D'un coup d'œil, Gus consulta l'écran de détection.

– Qu'est-ce que vous me chantez? cria-t-il. Le signal est toujours là, gros comme une maison! (Mais voici qu'un trouble étrange l'envahit, comme une éphémère paralysie de l'esprit. Cela ne dura que quelques secondes, mais lorsqu'il voulut à nouveau regarder l'écran, il le trouva vide de tout signal.) Que se passe-t-il donc? demanda-t-il alors.

Personne ne répondit. Il se sentit gagné par la panique.

Là-bas, les bombardiers privés d'objectif tournaient en rond. Et pour mettre un comble à son affolement, Gus discerna autre chose dans le flanc de la montagne. Un *œil.* Un œil énorme et fixe, braqué droit sur lui. Puis la montagne elle-même se mit à respirer, à bouger, à grandir. Elle brandit un bras monstrueux et, d'une pichenette, fit voler en éclats deux bombardiers.

Gus en avait assez vu. Comme il faisait faire volte-face à son engin, il eut l'impression fugitive que quelqu'un était assis sur le siège vide, à côté du sien. Ce quelqu'un n'était autre que Percy X. En train de rire à gorge déployée.

– Je suis malade, dit l'Oracle.

– Je te demande une prévision! s'exclama Mekkis,

exaspéré et qu'est-ce que j'entends? « Je suis malade »!

– Je refuse de sonder l'avenir, répliqua le larb avec dignité. C'est ça qui me rend malade.

De son côté, Mekkis ne se sentait pas, lui non plus, au mieux de sa forme. *Excès de lecture,* songea-t-il. *Mais je dois continuer. La réponse est là, dans le fatras invraisemblable des théories de Balkani. Plus j'avance dans son œuvre, plus j'en suis convaincu.*

Ainsi en est-il du concept de conscience sélective. Grâce à lui, les rapports déconcertants qui nous parviennent du front deviennent presque limpides! Ces fameuses illusions « de chair et d'os »... Parmi la masse des données fournies par les sens, l'esprit va sélectionner celles qui doivent retenir son attention et provoquer de sa part une réaction, celles, en somme, qu'il peut traiter en termes de « réalités ». Mais quelles sont ces informations que l'esprit rejette? Qui peut décrire les horreurs qui nous demeurent à jamais invisibles? Et si ces illusions n'en étaient pas? S'il s'agissait de choses bien réelles que notre exigence intellectuelle de cohérence nous avait jusqu'alors empêché de percevoir? Tout se passait comme si nous étions immunisés contre elles. Et pourquoi? Parce que, à la lettre, ce que nous ignorons ne peut pas nous faire de mal!

La preuve... Le Pr Balkani!

Stupéfait, Mekkis considéra l'homme barbu au regard intense qui fumait la pipe dans le fauteuil réservé aux visiteurs. Puis la silhouette peu à peu s'estompa et disparut.

Je dois continuer, décida Mekkis dont le corps était parcouru de frissons. *Il me reste si peu de temps!*

– Ressaisis-toi, bon sang! cria Percy.

Le malheureux tremblait de tous ses membres.

– Mais puisque je te dis que je suis toujours invisible! hurla-t-il.

– Il y a plus d'une heure que j'ai éteint le projecteur, dit Percy en s'adossant à un arbre avec une nonchalance étudiée. Il est impossible que tu sois encore invisible. Je te vois aussi clairement que la lumière du jour.

– Mais moi, je ne me vois pas! riposta le partisan traumatisé. Je lève ma main devant mes yeux et qu'est-ce qu'il y a? Rien, mon vieux! Que dalle!

– Hey, Lincoln! (Percy se tourna vers son lieutenant.) Ce type, là-bas, tu le vois, oui ou non?

– Et comment que je le vois, assura Lincoln, plissant les yeux à travers ses lunettes cassées.

Percy jeta autour de lui un long regard circulaire.

– Y a-t-il quelqu'un qui ne le voit pas?

– On le voit, on le voit, marmonnèrent les partisans.

– Okay. Toi, l'homme « invisible », ramasse ce projecteur, et en route!

– Pas question, mec. Ne compte pas sur moi pour toucher à nouveau à un seul de ces trucs. Autant me tuer tout de suite!

Percy fit mine d'épauler son fusil.

– Est-ce que par hasard tu discuterais mes ordres?

– Doucement, Percy. (Lincoln repoussa le canon de l'arme.) Je porterai le projecteur.

Percy hésita puis, haussant les épaules, laissa le dernier mot à Lincoln.

A la nuit tombée, ils atteignirent un de leurs

repaires avancés et se comptèrent. Impossible de trouver celui qui s'était cru invisible.

– Cette fois, s'exclama quelqu'un, il a vraiment disparu!

– Non, dit Lincoln. Il a fichu le camp, voilà tout. Il a rejoint la plantation de Swenesgard.

– Quoi? hurla Percy. Et tu l'as laissé filer! Pourquoi ne pas l'abattre, si tu savais qu'il allait déserter?

– On ne peut les abattre tous, Percy. Depuis que tu as commencé à utiliser les projecteurs, nombreux sont ceux qui nous ont quittés. Et si tu n'arrêtes pas, d'autres suivront.

– Arrêter? Je ne peux pas. Ces armes vont me permettre de faire une brèche dans les défenses perverties, tu te rends compte? D'ailleurs sans elles, nous n'en aurions plus pour longtemps.

– Dans ce cas, tu ferais bien de mettre le paquet tout de suite, dit Lincoln, stoïque. Pendant qu'il te reste encore un homme ou deux.

Au début, Gus les vit arriver seuls ou par deux, puis ce fut au tour de groupes plus importants. Redoutant quelque piège, il fit abattre les premiers, mais très vite, comprenant ce qui se passait, il les achemina dans une sorte de camp érigé à la hâte et entreprit de les interroger lui-même dans le hall de son hôtel.

Dès l'abord, une évidence lui sauta aux yeux. Tous les déserteurs sans exception souffraient de troubles mentaux – certains allant même jusqu'à présenter tous les symptômes d'un délire schizo-paranoïaque. Et tous semblaient victimes d'une même hallucination : Percy X n'avait jamais été capturé. C'était toujours lui qui les commandait, là-haut, dans les montagnes. Ou bien, après une évasion rocambolesque, il leur était revenu un beau matin. Par acquit de conscience, Gus appela Oslo et demanda à parler au Pr Balkani en personne. Le professeur lui donna l'assurance que Percy X et Joan Hiashi étaient toujours sous les verrous.

– Ne faites pas attention, marmonna Gus, confus, en raccrochant.

Les autres hallucinations, d'une variété infinie, n'étaient qu'un défilé d'extravagances. Si l'on tient à prendre un exemple « frappant », Jeff Berner, ex-capitaine dans l'armée de pieds nickelés de Percy, semble tout indiqué.

Nul besoin d'être télépathe pour comprendre, comme le fit sur-le-champ Gus Swenesgard lorsque le prisonnier comparut devant lui, que Berner était sous l'empire d'une peur panique.

L'interrogateur se cala dans son fauteuil et alluma un cigare.

– Jeff Berner, c'est bien toi?

– Oui, dit l'infortuné Jeff. (Jeff; est-il besoin de le dire? restait debout.)

– Oui, *monsieur!* tonna l'interrogateur. (*Tu ne tireras rien de ces Ubangis si tu ne leur apprends pas, et tout de suite, qui est le maître ici,* pensa-t-il.)

– M'sieur, balbutia Jeff.

– Bien. A présent, je veux savoir : pourquoi as-tu déserté?

L'ex-capitaine se dandina d'un pied sur l'autre. Puis, d'une petite voix :

– C'est à cause de ces machines, les projecteurs d'illusions... ils m'ont rendu malade dans ma tête.

– Quelle genre de maladie? demanda l'interrogateur d'une voix redevenue douce et compréhensive.

C'est encore en considérant les Nègres comme les

simples enfants qu'ils sont et en les traitant comme tels qu'on obtient les meilleurs résultats. *Une sorte de père,* décida Gus en son for intérieur, *voilà ce que je dois représenter à leurs yeux.*

– Ben, il y en avait de toutes sortes. On branchait la machine, on imaginait un truc et le truc se mettait à... hum... à exister. Le hic, c'était que parfois, on arrêtait la machine et l'illusion ne voulait pas s'en aller. Elle pouvait rester visible pendant des heures, ou même des jours.

– Et dans ton cas, Jeff, qu'avais-tu imaginé?

Cette partie de l'interrogatoire était toujours un vrai régal. Chaque nouveau récit se révélait plus dingue et plus ridicule que le précédent.

– A vrai dire, m'sieur, murmura le Nig d'une voix incertaine, tout a commencé lorsque moi et deux copains, on a voulu aller se ravitailler en vivres et munitions chez des gens qu'habitent à la périphérie de vot' plantation. C'était loin d'être du tout cuit, vu que les gens en question, le fermier, sa femme et leurs deux fils, nous maintenaient à distance avec des fusils laser et on se disait que vos troupes n'allaient pas tarder à rappliquer en zincs ionosphériques. Alors je me suis dit comme ça que ce ne serait pas une mauvaise idée de demander des renforts à c'te machine à illusions, un petit bataillon, quoi, histoire de ramener not' fermier à la raison. En un clin d'œil ils étaient là, vingt-quatre bonshommes armés jusqu'aux dents. Ils se sont battus comme des lions et nous ont aidés à ramener là-haut les caisses de provisions. Au poil, c'est ce que je me suis dit, sauf que j'ai pas encore compris comment une illusion pouvait transporter sur ses épaules une caisse de vraies boîtes de conserve. Mais quand j'ai éteint le projecteur, ben, les vingt-quatre types n'ont pas bougé d'un poil. Ils sont restés avec moi dans la montagne et ils ont bouffé comme des ogres. Parfaitement, m'sieur, comme des ogres. Moi, je m'en fichais, d'autant que j'étais devenu copain avec l'un d'eux. Un chouette copain. Je m'souviens, on passait des heures entières à causer. Parce que Mike, il connaissait une foule de trucs. Mike Monk, c'est son nom. De toute ma vie, j'ai jamais vu un type qu'en savait moitié autant. De New York, il était. Paraît qu'il était devenu partisan à force de se voir refuser tous les boulots. Une bonne blague, vous ne trouvez pas? Remarquez, il y a du vrai là-dedans. J'ai un tas de copains qui ont rejoint Percy parce que personne d'autre ne voulait d'eux.

» Une fois, il m'a même sauvé la vie. En désintégrant une flèche homotropique qui se conduisait comme si elle avait eu mon nom écrit dessus. Après ça, j'ai cessé de le considérer comme une illusion. Il est devenu un frère, un vrai. Toujours est-il qu'un soir, on était en train de bavarder tranquillement dans une tranchée, quand soudain je m'aperçois que les vingt-trois autres recrues ont disparu. « Mike, je lui demande, qu'est-ce qui se passe? – Rien, qu'y m'répond, rien du tout. » Et qu'est-ce que je vois? Il n'a plus de pieds! « Hey, Mike, je lui fais, où sont passé tes pieds? – Mes pieds, dit-il, qu'est-ce que tu leur trouves, à mes pieds? » Alors je m'rends compte qu'on peut voir à travers ses jambes. « Mike, je lui gueule à la figure, je vois à travers tes jambes! » Et lui, peinard comme tout : « Arrête tes salades, mon pote! – Dis-moi la vérité, j'insiste, d'où est-ce que tu viens? – Je t'l'ai déjà dit, qu'y m'fait, je suis de New York! » Peut-être, n'empêche qu'il avait plus de jambes et que je voyais à travers le reste de son corps. Je lui ai demandé où il allait. « Nulle part, mon pote, je te quitte pas. » C'est ce qu'il a dit, mais sa voix était tout affaiblie, comme s'il me parlait de vachement loin. Je me suis mis à crier pour de bon. « Hey, Mike, où t'es passé? » Il a dit : « Je suis là où j'ai toujours été et où je serai toujours, mon pote, à tes côtés. » Mais cette fois, je l'ai à peine entendu et tout d'un coup, pouf, plus de Mike. Je l'ai jamais revu.

– Alors, tu as déserté?

– Non, dit Jeff, pas tout de suite. Après que j'ai employé une seconde fois la machine.

– Mais pourquoi as-tu recommencé? demanda Gus, fasciné.

– Ben, mettez-vous à ma place, m'sieur Swenesgard. Je me suis offert une souris, pardi!

– Et quand la fille s'est volatilisée, t'as décidé de faire la même chose, c'est ça?

– Pas tout à fait, m'sieur. Ma décision, j'l'ai prise avant qu'elle ne disparaisse. Faut vous dire que cette souris-là, c'était la plus chipie, la plus enquiquineuse qui soit jamais tombée sul'poil d'un pauv'type comme moi. Je suis pas un lâche, m'sieur Swenesgard, mais si j'ai fichu le camp, c'est parce que je pouvais plus la voir en peinture...

Au fond de la grotte, un des hommes endormis s'éveilla en sursaut.

– Lincoln! dit-il d'une voix rauque en secouant son voisin. Lincoln, il faut que je te parle!

– Mmmmm, fit Lincoln. S'qui s'passe?

– Je suis décidé. Nous sommes sur la défensive depuis trop longtemps. Avec le matériel dont nous disposons maintenant, le moment est venu de passer à l'attaque. Nous allons sortir de notre trou et frapper un grand coup!

– Je suis arrivé aux mêmes conclusions, marmonna Lincoln. Jusqu'à présent, nous nous sommes contentés de faire joujou avec ces gadgets...

– Fais passer la consigne. Je veux voir toutes les armes en action, toutes excepté l'Oncle Sam planqué là-haut. Bon Dieu, j'avoue que ce machin a de quoi vous donner le frisson! Oui, même moi je ne suis pas rassuré. Pour le reste, comptons vingt-quatre heures de préparation et on met le paquet. Si on prend la plantation Swenesgard, on héritera de tout le matériel de première bourre que lui ont refilé les vers, sans compter les Toms qui basculeront de notre côté dès qu'ils sentiront le vent tourner. Avec un peu de chance, on pourrait même écraser ce Mekkis. D'après les renseignements fournis par le réseau, il ne fait rien d'autre que bouquiner à longueur de journée. C'est Swenesgard qui expédie les affaires courantes. Quand on aura pris la plantation, il faudra se disperser le plus vite possible afin de ne pas être tous agglutinés au même endroit au cas où les Ganys riposteraient à coups de missiles nucléaires. Tout est affaire de vitesse. De vitesse, ajouta-t-il à mi-voix... et d'illusion.

– La Fille de Nulle Part approche! glapit l'Oracle.

– As-tu bientôt fini de me casser les oreilles? riposta Mekkis. Tu ne vois donc pas que je suis en train de lire?

Tout est illusion, pensa-t-il. *Nous sommes tous des monades aveugles sans aucun véritable contact avec le monde qui nous entoure. Balkani en apporte la preuve. Dans ce cas, pourquoi me soucierais-je de ces fantômes dérisoires qui ont nom Fille de Nulle Part, Partisans ou Esprit Collectif? Le monde est une image, et si je désire la changer, il me suffit d'en imaginer une autre.*

Par exemple, s'il me prenait la fantaisie d'imaginer un tremblement de terre et de...

La pièce bascula autour de lui, traversée par une terrible onde de choc qu'il ressentit jusque dans ses entrailles.

Souriant, Mekkis contempla la fissure qui béait dans le plancher, indifférent aux balbutiements hystériques de son Oracle.

Deux heures avant le coucher du soleil, un déserteur avertit Gus Swenesgard de l'attaque projetée par Percy pour la nuit même. Dix minutes plus tard, Gus était dans le bureau du secrétaire de Mekkis et demandait à être reçu aussitôt par l'Administrateur.

Le secrétaire le toisa avec un mépris affecté.

– M. Mekkis a donné l'ordre de n'être dérangé sous aucun prétexte.

– Mais les partisans sont sur le point d'attaquer en force! s'exclama Gus. (Malgré le climatiseur qui maintenait la pièce à une agréable fraîcheur, il suait en abondance.)

– C'est tout? laissa tomber le secrétaire. Mon pauvre ami, les partisans sont toujours en train d'attaquer ceci ou cela. Vous devez être de taille à leur résister, tout de même?

Gus ouvrit, puis referma la bouche. Le visage congestionné, il fit volte-face et marcha résolument vers la porte. Une fois dans son petit appareil, il se cramponna d'une main ferme au micro et commença à donner des ordres.

Une heure plus tard, l'ensemble des forces dont il disposait, depuis les mini-lanceurs de missiles nucléaires jusqu'aux Nègres armés de fourches, s'avancèrent dans une pagaille monstre à la rencontre des immenses silhouettes noires qui du bout de l'horizon fonçaient sur eux en ébranlant le sol.

La mise à feu des missiles eut lieu avant l'accrochage, mais rien ne se produisit. Simplement, les masses d'ombre mouvantes les engloutirent. Puis ce fut au tour des bombardiers éclaireurs de passer à l'attaque et les ténèbres se refermèrent sur eux aussi.

Assis aux commandes de son appareil resté audessus de l'hôtel, Gus surveillait les opérations sur une rangée de petits écrans moniteurs montés sur le tableau de bord, relié chacun à une unité de son armée disparate. Une image retint soudain son attention. Elle était retransmise à partir d'un escadron de jets ionosphériques pilotés par des larbs et qui se trouvaient alors en première ligne. Et sous ses yeux effarés, Gus vit surgir de l'ombre une horde de gigantesques oryctéropes gros comme des dinosaures, les yeux luisant d'un éclat diabolique, avec des griffes énormes, des oreilles semblables à des tentes de cirque et surtout, surtout, des langues d'une longueur hallucinante qui gobaient les avions commes des mouches.

– Oh, mon Dieu, s'écria Gus sans oser croire à ce qu'il voyait. Non! Pas des oryctéropes!

Dans le sillage du monstrueux troupeau voletait un taxi tout déglingué à bord duquel se trouvaient Percy X et son fidèle lieutenant, Lincoln Shaw.

– Regarde! Mais regarde donc! hurla Percy. Je parie qu'ils ne s'y attendaient pas!

– Impressionnant, reconnut Lincoln sans beaucoup d'enthousiasme.

– Que savez-vous faire d'autre? demanda le taxi.

– Et si on fabriquait quelque chose de vraiment génial? s'écria Percy au comble de l'excitation. Un grand oiseau de feu? Un phénix?

– Okay, dit Lincoln. Et un phénix, un!

Il ajusta les boutons de la machine posée sur ses genoux et se concentra. Alors, des tourbillons de poussière soulevés par la galopade monumentale des oryctéropes naquit une invraisemblable créature ailée de plus de trois cents mètres d'envergure. Elle semblait faite d'une lumière vivante, ou d'électricité, et sur ses plumes scintillaient toutes les couleurs du spectre. Ses yeux étaient deux sphères lumineuses d'un blanc bleuté insoutenable qui rappelait celui des lampes à souder. L'oiseau prit majestueusement son essor dans une longue, somptueuse gerbe d'étincelles. On eût dit un feu d'artifice, une pluie d'étoiles filantes, un rêve.

Qui avait son revers. L'odeur d'ozone empuantissait le taxi, et lorsque l'oiseau de feu battit puissamment des ailles, il s'en fallut de peu que le fragile véhicule, ballotté comme un bouchon sur une mer démontée, ne capotât. A plusieurs reprises, le phénix ouvrit son bec flamboyant pour émettre un cri enroué qui résonna aux oreilles de Lincoln comme la plainte déchirante d'une pauvre créature innocente torturée à mort.

– Magnifique, n'est-ce pas? s'exclama Percy.

– *De gustibus non disputadum est,* soupira le taxi.

– Chargez! hurla le général Robert E. Lee.

Il galopait à la tête d'une meute de blondes Walkyries, leurs longs cheveux claquant au vent, qui s'époumonaient à chanter de vieux serments runiques tandis que les sabots de leurs montures d'un blanc de crème glacée foulaient sans discrimination les Nègres et les larbs.

Un escadron de vampires aux crocs dégouttants de sang, arborant l'emblème du Cirque Volant du Baron Manfred von Richtofen prit son envol dans un lourd battement d'ailes, et de tout là-bas, on vit surgir, crinière déployée, un Samson cyclopéen qui balançait comme une massue une formidable mâchoire d'ornythorinque.

Un bataillon de *Brownie Scouts,* frappant de droite et de gauche à coups de biscuits trop cuits, se fraya un passage au milieu de ces phénomènes, suivis d'un habile boucher kasher dont le couperet réduisit maints ennemis à l'état de viande hachée. Puis ce fut au tour d'un troupeau de babouins aux culs écarlates qui poussaient devant eux des caddies de supermarché sur lesquels étaient montées des mitrailleuses de calibre 50. Un orchestre pop conduit par un trompettiste aux longs cheveux du nom de « Gabriel » couvrit momentanément le chahut de ses accords assourdissants, vite chassé cependant par une escouade de chirurgiens surentraînés qui enlevèrent un appendice après l'autre, sans oublier de pratiquer ici et là une petite lobotomie pour éviter de sombrer dans la monotonie.

Quatre travestis moulés dans des fourreaux de soie lançaient avec une précision meurtrière des pochettes en lamé remplies de ciment. Autour d'eux, hommes des cavernes et pygmées jetaient par poignées des confettis empoisonnés.

Une licorne d'un orange crépusculaire se cabra brusquement, et chacun put voir les sept soldats empalés sur sa corne comme autant d'ardoises impayées. Indifférente, une plante carnivore aspirait les moelles épinières à la file, avec un bruit de succion assez semblable à celui produit par un gosse mal élevé tirant sur sa paille pour faire disparaître ses dernières gouttes de milk shake. Des paons sadiques circulaient parmi les blessés et chatouillaient les plus mal en point du bout de leurs queues pour prendre leur pied à les voir crever de rire. Une jeune loubarde de dix ans, enceinte jusqu'aux yeux, mettait échec et mat tous ceux qui passaient à sa portée tout en peignant, entre deux coups, sur sa poitrine plate, la tête de ses idoles – le maréchal Ky, le maréchal Koli, Adolf Hitler – à l'aide d'un bâton de rouge.

Un essaim de petites lesbiennes hautes de quelques centimètres s'abattit sur les visages des ennemis, arrachant les barbes poil par poil. A l'écart, le Loup-garou mastiquait consciencieusement un énorme orteil; la mine dégoûtée, il recracha les rognures d'ongle. Fines tacticiennes, de braves tondeuses à gazon, aussitôt imitées par des machines à laver en pleine activité, effectuèrent une brillante manœuvre de diversion en prenant l'ennemi par revers. L'air vibrait de l'effroyable cacophonie des cris, couacs, rires gras, hoquets, grognements, vociférations, coassements, appels au secours, vagissements, râles de plaisir, bramements, miaulements, couics, rots, gazouillis et divagations.

Mais lorsque l'armée tragiquement « classique » de Gus Swenesgard sembla sur le point d'être exterminée jusqu'à son dernier fantassin, la discorde s'installa au sein des hordes fabuleuses de Percy. La créature de Frankenstein sauta sur le Loup-garou, Godzilla sur King Kong et les Scouts sur les Jeannettes.

Des elfes crevèrent méchamment les yeux du tigre machérode de leurs talons aiguilles. Une spécule de fétuque (festuca eliator) succomba à l'attaque traîtresse de *Bucky Bug* qui eut raison de l'anthère, du pistil, du glume et du reste. D'un coup, ce fut la foire d'empoigne, le triomphe désastreux du chacun pour soi.

En un éclair, Percy comprit que s'il restait une seconde de trop au sein de cette mêlée cauchemardesque, lui et ses hommes seraient anéantis, victimes de leur propre fantasmagorie. Déjà, un aspirateur vorace menaçait de s'introduire dans leur taxi.

– Battez en retraite! hurla-t-il dans son micro. Retournez dans les montagnes avant qu'il ne soit trop tard!

A l'aube, un silence de mort tomba sur le champ de bataille.

Une brume, comme l'haleine fétide d'un géant, recouvrait la plaine, dissimulant l'incroyable carnage laissé par cette nuit d'orgie destructrice. A mesure que le soleil montait dans le ciel, la brume s'évaporait, et avec elle les horreurs qu'elle avait cachées. D'étranges mutations se produisirent alors. De fantomatiques carcasses de mammouths fusionnèrent avec des tanks éventrés, engendrant on ne savait quels monstres translucides, puis transparents, puis des souvenirs de monstres... Des pyramides de cadavres affublés de tous les uniformes de l'histoire et des nations se brouillèrent et miroitèrent d'un éclat glauque avant de se fondre dans le brouillard. Bombardiers et larbs, Toms et partisans, tous s'effacèrent, tous retournèrent au brouillard qui dévora tout, la réalité et l'illusion, avant de se dissiper.

A midi, sous le soleil torride, il ne restait que l'herbe jaune et cassée avec, ici et là, quelques chardons piétinés.

12

Paul Rivers ne pouvait se résoudre à regarder son interlocuteur en face. Debout devant la fenêtre, il contemplait la banlieue lépreuse de Knoxville, Tennessee, qui rôtissait sous le soleil. *Tout ce qu'il dit est vrai,* songea-t-il, *et pourtant...*

– Je ne vois que deux issues possibles, déclara le Dr Martin Choate, son supérieur. Ou Percy décide de ne pas se servir de l'arme infernale et il y laissera sa peau, dans tous les sens du terme, et l'humanité son ego, ou il s'en sert, et c'est la fin du monde. Est-ce clair?

Paul se contenta d'un hochement de tête. Pour être clair, c'était clair.

– Je sais. Mais je ne puis l'accepter.

– Dans les deux cas de figure, vous conviendrez que nous n'avons guère le choix. Nous devons le tuer et brûler son corps de façon à faire croire à une héroïque mort au combat. Notre organisation a déjà pris des mesures appropriées. Sept officiers supérieurs pervertis se sont suicidés, obéissant à des suggestions inculquées sous hypnose par leurs psychothérapeutes. D'autres plans plus complexes sont en voie d'exécution. Mais si nous voulons gagner à notre cause le soutien des larges masses, il nous faut un martyr. Il nous faut notre John Brown, notre Christ crucifié! *La vie d'un seul homme, un fanatique sanguinaire, compte-t-elle plus pour vous que la liberté d'une espèce entière?*

– Pourquoi moi? demanda Paul.

– Parce qu'il a confiance en vous. Vous l'avez arraché aux griffes de Balkani. Vous êtes le seul à pouvoir l'approcher.

– Justement. C'est parce qu'il a confiance en moi que je ne peux pas.

– Mais puisqu'il ne pourra pas lire en vous! Nous vous hypnotiserons pour imprégner votre subconscient d'une histoire alibi à laquelle vous croirez jusqu'à l'instant de frapper! Il ne se doutera de rien.

Mais moi, songea Paul, *le moment venu, je saurai.*

– Laissez-moi un peu de temps, dit-il. Il faut que je réfléchisse.

Choate hésita visiblement.

– D'accord, dit-il enfin. Nous vous accordons quelques jours.

Ayant serré la main de Rivers, il sortit sans se retourner.

– « Nous », ils n'ont que ce mot à la bouche, murmura Paul sans y penser. Plus personne ne dit « je ». Tout se passe comme si l'homme, au lieu de se représenter lui-même, agissait toujours pour le compte d'un pouvoir flou et irresponsable.

Joan Hiashi apparut sur le seuil de la salle de bains.

– J'ai envie d'avoir des trucs qui poussent, dit-elle avec un sourire timide. Je peux?

Il la dévisagea. Une bouffée de bonne humeur l'envahit, comme une réminiscence de la liberté.

– Okay, dit-il. Allons-y. On va s'offrir un jardin entier!

Dans le hall de l'hôtel, ils croisèrent Ed Newkom. Frappé de l'expression de leurs visages, celui-ci s'arrêta net.

– Que se passe-t-il?

– On va faire quelques emplettes, lança Paul en continuant son chemin.

Jetant un coup d'œil par-dessus son épaule, il vit son ami, toujours planté au milieu du hall, qui les suivait d'un regard intrigué. *Joan ne donne aucun signe de retour à une activité mentale normale,* pensa le Dr Rivers avec satisfaction. Mais lorsqu'ils sortirent de l'hôtel, ce fut Paul et seulement lui qui, levant les yeux vers le cumulus immaculé surplombant les taudis sordides, songea : *Que c'est beau! Que c'est beau! Que c'est beau!*

– Joan? murmura le Professeur Balkani.

– Oui, Rudolph, répondit le robot, assis bien droit sur le divan.

Le bureau était plongé dans une agréable pénombre. Désormais, les séances se suivaient et se ressemblaient et Balkani ne décelait pas plus de changements chez sa patiente que dans le buste massif de Sigmund, témoin privilégié de leurs navrantes confrontations. A ceci près que le buste, lui, donnait parfois l'impression d'esquisser un sourire. Un sourire plutôt désagréable, soit dit en passant.

– Joan, désirez-vous quelque chose?

– Non, Rudolph.

Il lui jeta un regard en coin.

– Dans ce cas, vous devez être très heureuse. Etes-vous heureuse, Joan?

– Je ne sais pas, Rudolph.

– Vous l'êtes! assura-t-il rageusement.

Tirant sur sa pipe, il se leva d'un bond et se mit à

arpenter la pièce. Joan ne lui accorda pas un regard. Elle continuait de fixer le mur, sans ciller. Aussi abruptement qu'il l'avait commencé, Balkani cessa son va-et-vient. Il s'assit à côté du robot. D'un geste impulsif, il lui passa le bras autour des épaules.

– Que feriez-vous si je vous embrassais? demanda-t-il.

Le robot ne répondit pas.

– Serrez-moi dans vos bras! aboya Balkani.

Le robot obéit. Balkani lui déposa un fougueux baiser sur la bouche – dont il ne tira aucun plaisir. Il sauta sur ses pieds.

– Assommant! cria-t-il. C'était assommant!

– Oui, Rudolph.

– Déshabille-toi!

Vite et sans gestes superflus, le robot se débarrassa de ses vêtements. Balkani en fit autant. Moins adroit, cependant, il se prit les pieds dans son pantalon.

– Bon. A présent, recommençons.

Nouveau baiser, plus long que le précédent.

– C'est toujours aussi assommant! s'exclama Balkani.

D'un geste brusque, il cloua le robot sur le divan, se jeta sur lui et fit une troisième tentative, sans plus de résultat. Dépité, le professeur s'arracha à l'étreinte de la fausse Joan Hiashi. Lui tournant délibérément le dos, il se recroquevilla à l'extrémité du divan. Il se sentait vieux. *Pourquoi suis-je amoureux d'elle?* se demanda-t-il. *Jamais je n'ai aimé quelqu'un à ce point.* Puis il se leva et farfouilla dans le tas de ses vêtements. Il en extirpa sa boîte à pilules dont il vida le contenu – tout le contenu – dans sa main. Il le goba d'un coup, sans même prendre la peine d'avaler un peu d'eau.

– Tu as vu? demanda-t-il. Vivre ou mourir, je m'en moque. Toi aussi, j'imagine?

– Oui, Rudolph. (Le robot ne semblait pas émVolu outre mesure.)

– Mais je suis certain que tu peux éprouver encore une émotion. La peur!

Il bondit vers la bibliothèque. Là, se hissant sur la pointe des pieds, avec un *han!* d'effort, il descendit de son perchoir le buste de Sigmund.

– Je vais te tuer, qu'en dis-tu?

– Rien, Rudolph.

Alors, dans un sursaut de rage impuissante, il souleva la statue de bronze au-dessus de sa tête et se rapprocha du divan où elle attendait, tranquille, indifférente. C'en était trop. De toutes ses forces, il lui assena Sigmund sur le sommet du crâne. Le crâne éclata.

– Je voulais... je ne voulais pas... balbutia-t-il, éperdu.

Le robot glissa du divan et s'affala sur le plancher, pauvre chose toute disloquée. Puis Balkani osa jeter un coup d'œil à l'intérieur de la tête et vit, au lieu d'une bouillie organique, une spirale ratatinée de microcircuits imprimés, les composants miraculeusement intacts d'un axe cérébro-spinal, des absorbeurs d'ondes à balayage circulaire, des piles à hélium liquide à basse température, des contacteurs homéostatiques... Le pire, c'était qu'une partie du mécanisme fonctionnait encore, les réseaux de réaction ordinaire alimentant l'axe principal, lequel, bien qu'il lui sortît de la tête et lui retombât comiquement sur la joue, battait toujours, comme les muscles d'une grenouille décervelée. Et Balkani, effaré, reconnut son œuvre.

– Joan...? souffla-t-il.

– Oui, Rudolph? répondit le robot d'une voix presque inaudible. (A ce moment-là, son moteur flancha.)

– Joan? dit Paul Rivers.

Assise sur le lit dans la lumineuse clarté du soleil couchant, Joan Hiashi contemplait le bac débordant de plantes tropicales posé sur l'appui intérieur de la fenêtre.

– Oui, Paul?

– Désirez-vous quelque chose?

– Non.

Sans cesser de regarder les plantes, elle sourit. Voyant ce sourire, Rivers se dérida lui aussi.

D'accord, pensa-t-il, *la thérapie n'est guère orthodoxe, mais ça marche. A présent, si elle pouvait seulement faire l'effort de s'intéresser non seulement aux plantes, mais aux gens et à tout ce qui nous entoure et compose le monde réel dans lequel nous vivons bon gré mal gré...*

– Ils vous ont demandé de tuer Percy, n'est-ce pas? dit-elle après un silence. J'ai surpris votre conversation. Volontairement.

Il détourna les yeux.

– C'est exact.

– Et qu'avez-vous décidé? dit-elle encore d'une voix paisible.

– Je ne sais pas. (Il se tut, puis, comme mû par une impulsion, ajouta :) Qu'en pensez-vous? Que devrais-je faire à votre avis? (*Une nouvelle ruse,* songea-t-il. *C'est le médecin qui sollicite l'opinion du patient!)*

– Faites ce qui vous rend heureux, dit-elle. (Elle se leva et s'approcha du bac à plantes devant lequel elle s'agenouilla.) Tous ces courants politiques, ces philosophies, toutes ces guerres... des illusions, rien de plus, reprit-elle en triturant la terre. Ne les laissez pas troubler votre paix intérieure. Il n'y a ni bien ni mal, ni perdant ni gagnant. Il n'y a que des individus, seuls... tellement seuls! Habituez-vous à la solitude. Regardez un oiseau prendre son envol sans le dire à personne, sans même s'en souvenir afin de pouvoir le raconter par la suite. (Sa tête pivota. Elle le regarda droit dans les yeux. Sa voix s'était faite basse et intense.) Faites en sorte que votre vie demeure un secret. Evitez de lire les journaux, évitez de suivre les actualités à la télévision, évitez de...

Régression narcissique, songea-t-il en écoutant le débit hypnotique. *Je dois rester sur mes gardes. C'est une démarche séduisante, mais totalement erronée.*

– Admettons, dit-il soudain, mais pendant que je suis assis dans cette chambre à contempler ma main comme un imbécile, que deviennent mes malades?

– Ils s'enfoncent dans leur folie, je suppose, mais au moins, vous ne riquez pas de les imiter.

– Il faut bien regarder la réalité en face.

– La réalité, c'est votre main. La guerre n'est qu'un rêve.

– Tout de même, ça ne vous fait rien de voir l'humanité réduite en esclavage par une espèce venue d'une autre planète? Ça ne vous fait rien de penser que, bientôt, nous serons tous morts?

– Nous sommes tous condamnés à mourir un jour ou l'autre. Et quand je serai morte, que m'importeront la vie ou la mort des autres?

Rivers se sentit soudain malade de frustration. *Elle reste imperturbable,* songea-t-il avec colère, *bien à l'abri derrière ses défenses schizoïdes. Et cette façade d'idole qu'elle se compose! Quel égoïsme monstrueux! Quel égotisme douillet et confortable!* Abaissant les yeux sur ses mains, il constata qu'il avait les poings serrés. *Seigneur! Que m'arrive-t-il? Je n'ai pas l'habitude de boxer mes malades. Je suis là pour les aider. C'est de sa faute, bien sûr. Elle fait remonter à la surface ce qu'il peut y avoir en moi de Balkani refoulé.* Il remarqua alors qu'elle l'observait avec attention et ne perdait rien des émotions dont il était la proie.

– Vous attachez une telle importance à votre petite guerre, reprit-elle. A mes yeux, ce n'est jamais qu'une empoignade de rien du tout au milieu d'un conflit beaucoup plus important.

– Quel conflit?

Sans un mot, elle lui montra le bac à plantes. Parmi les fleurs, deux contingents de fourmis, les unes rouges, les autres noires, s'affrontaient. L'espace d'un moment, Paul regarda les corps minuscules se contorsionner sous l'étau des mandibules. *Est-ce moi,* se demanda-t-il, *qui me nourris de rêve et d'illusions rassurantes? Est-ce moi, le véritable Narcisse?*

Joan, elle aussi, regardait les fourmis s'entre-tuer. Et sur son visage que n'altérait aucun trouble, un doux sourire naquit.

Assis devant sa précieuse machine à écrire alimentée à l'énergie solaire, Rudolph Balkani tapait comme un forcené. Deux jours, déjà, qu'il n'avait pas fermé l'œil ni absorbé de nourriture. Quelle importance? Les comprimés de méthamphétamine lui permettraient de tenir le coup jusqu'à ce qu'il ait achevé sa tâche.

La seule lumière provenait d'une ampoule nue

qui pendait au-dessus du bureau encombré. Tout le reste, y compris le robot démantibulé, était plongé dans l'ombre. Balkani avait l'impression que cette unique ampoule, dont les forces déclinaient irrésistiblement, suffisait à refouler des ténèbres si denses, si épaisses, qu'elles l'eussent étouffé.

Il avait verrouillé la porte. A plusieurs reprises, des gens étaient venus frapper mais pour toute réponse, ils avaient reçu l'ordre d'aller au diable. Ce qu'ils avaient fait.

De l'intercom et du vidphone, il ne restait que des miettes. Le buste de Sigmund avait encore frappé.

A présent, la représentation paternelle gisait, face contre le plancher, figée dans son habituelle expression de sévérité narquoise, bien dérisoire désormais. L'heure était venue pour le fils d'enfanter un autre univers. Fébrilement, Balkani œuvrait à la création du monde qui allait balayer celui de Freud et de tous les autres avant lui. Ce livre serait la Bible de la nouvelle génération en crise contre l'ancienne, car bientôt, bientôt se lèveraient ces fameux orages trop longtemps désirés.

Tout en travaillant, il fredonnait des bribes de chansons, toujours empruntées aux tubes publicitaires qu'il avait enregistrés jadis pour les décortiquer. Incroyable, l'enseignement qu'il avait tiré de l'étude des spots publicitaires télévisés! Quand d'autres baissaient le son à l'heure des pubs, lui, au contraire, allumait son poste. Là où les programmes ne proposaient à longueur d'antenne que de l'abjecte moralité petite-bourgeoise, au mieux un produit « culturel » assommant, les spots publicitaires vendaient, eux, des rêves en conserve. Jeunesse et santé tenaient dans un tube d'onguent et la caresse d'une longue boucle de cheveux soyeux apaisait toutes les souffrances du monde. Les films d'avant-garde? Balkani les haïssait. Il y avait plus de sens dans un seul plan d'un film publicitaire que dans la totalité du cinéma prétendu surréaliste. Certes, on n'avait pas complètement oublié les œuvres « cinéphiliques » à petit budget des années 60 et 70, mais il n'était pas rare de voir des collectionneurs offrir deux cents dollars des Nations Unies pour la copie vidéo d'une pub de la même période, vantant l'efficacité d'un savon érotique ou le moelleux d'une bière.

Rudolph Balkani s'apprêtait à mettre un point final à son œuvre maîtresse, *La théorie de l'Oubli.* Et pourquoi pas? Le cas Joan Hiashi, dernière pièce de ce puzzle cosmique, venait de s'emboîter, d'une façon inattendue, il est vrai. Dans la solitude de son bureau, Balkani se mit à rire. Comme tout s'était révélé simple, en fin de compte! Une énorme farce qui reposait sur du vent.

Et derrière tout cela, que trouvait-on?

L'Oubli.

Soudain, Balkani cessa de taper. La dernière phrase écrite avait un caractère indubitablement définitif. Il n'y avait plus rien à ajouter. Le maître venait de mettre le point final à son *magnum opus.* Sans hâte, il sortit la feuille de la machine et la posa au sommet de la pile; puis, avec beaucoup de soin, il enveloppa le manuscrit et l'adressa à son éditeur de New York. Il plaça ensuite le paquet dans le plateau de la correspondance montante dont le mécanisme automatique l'éjecta aussitôt hors de la pièce. Les dés étaient jetés.

Après un moment d'inertie, Rudolph Balkani se leva et se dirigea en traînant les pieds vers l'imposante armoire à pharmacie. Les effets de la fatigue se faisaient enfin sentir. Tout en remplissant la seringue hypodermique, il songea qu'une double dose de quinidine devrait suffire à provoquer un arrêt du cœur...

Avec un grognement de lassitude, il se laissa tomber au pied du divan, releva sa manche et planta l'aiguille. D'innombrables injections avaient rendu son bras insensible. Il ne sentit même pas la piqûre.

Ses doigts se contractèrent aussitôt et laissèrent s'échapper la seringue. L'aiguille se brisa en tombant. Un soupir monta des lèvres du mourant. A son tour, il glissa sur le sol.

Si grande était la terreur de ses subordonnés qu'ils attendirent un jour et demi avant de fracturer la serrure et de pénétrer dans le sanctuaire.

– Comment ça, vous ne savez pas où il est! s'écria le Dr Choate.

Ed Newkom haussa les épaules.

– Je ne puis rien vous dire de plus.

L'espace d'un instant, les deux hommes se dévisagèrent en silence, de part et d'autre du petit lit. Puis Choate se détourna.

– Tout de même, il a bien dû laisser un message indiquant où on pourrait le joindre!

– Pas une ligne, fit Newkom sans s'émouvoir.

– Et vous dites qu'il a emmené la fille avec lui?

– En effet, Dr Choate.

La température de la chambre était devenue étouffante. Choate exhiba un mouchoir en fil d'Irlande et s'épongea le front. Il cligna des yeux en direction du rectangle éblouissant de la fenêtre. Il se sentait à cran.

– Il faut le retrouver, dit-il d'une voix lasse. Je

dois savoir s'il accepte la mission que nous voulions lui confier. Cinq jours se sont écoulés. Si ça se trouve, il s'est volatilisé pour de bon. *Il a tout plaqué,* songea-t-il, *à moins qu'ils ne l'aient enlevé, tout simplement.*

– J'ai l'impression que vous le connaissez mal, murmura Newkom.

– Vous avez raison. Je le connais à peine. Je sais à quel point il s'attache à ses malades. Traiter le patient en égal représente un aspect essentiel de sa thérapie. Personnellement, je suis contre – cela exige trop d'efforts de la part du médecin. (*Je suis sûr qu'il est en train de craquer,* pensa-t-il, et d'un coup, sa colère latente le céda à l'inquiétude.)

Jamais Paul Rivers n'avait éprouvé un tel sentiment de sérénité et de paix intérieure. Il apprenait peu à peu à ne rien faire. Joan Hiashi était en train de réussir là où la Ligue de Libération Sexuelle avait lamentablement échoué. Ils avaient trouvé refuge dans un chalet en rondins, perdu au cœur de la forêt du Tennessee, à bonne distance de la route goudronnée la plus proche. Là, elle lui avait appris l'art de s'allonger au soleil et de prendre racine.

Ils gisaient côte à côte sur le porche délabré, se touchant du bout des doigts. Une seule fois, Rivers avait tenté sans conviction de l'enlacer, mais la jeune femme l'avait repoussé avec ménagements et il se l'était tenu pour dit. Après une heure d'un silence léthargique et vide de toute pensée, elle se mit à parler d'une voix lente.

– Je ne peux plus faire l'amour, désormais. Cela me donnerait une impression de mensonge. Je ne suis plus une femme, comprenez-vous? Je ne suis pas un homme non plus. Je suis les deux à la fois et ni l'un ni l'autre. Je suis l'univers entier et son spectateur infinitésimal. Etre un homme ou une femme, c'est adopter un comportement – et j'en ai par-dessus la tête de toujours agir. Pourtant, il est bon de se toucher, n'est-ce pas? Comme il est bon de toucher un chat, ou un chien.

– C'est vrai, souffla-t-il. *C'est vrai.*

Jamais je ne me suis senti aussi libre avec une femme, songea-t-il. *Celle-ci, au moins, n'exige pas sans cesse mon attention, cherchant dans mon regard, le moindre de mes gestes, la preuve constante de son existence. En un sens, il n'est pas faux de dire que le statut d'homme ou de femme se rapporte à une somme de comportements composant un rôle culturellement déterminé et souvent sans grand rapport avec notre identité profonde. Combien de fois n'ai-je pas fait l'amour, non par désir, mais pour me convaincre moi-même, et accessoirement quelque malheureuse femme, que j'étais bien un homme, un vrai?* (Il jeta un coup d'œil sur le profil inexpressif de Joan.) *Mais elle semble si lointaine. Jusqu'où est-elle descendue, à l'intérieur d'elle-même?*

– Où êtes-vous? demanda-t-il.

– Nulle part.

– La petite Fille de Nulle Part, c'était donc vous?

– Si vous voulez.

Puis un oiseau, un colibri sans doute, accrocha le regard de Rivers. Perché sur une branche, au delà de la zone d'herbes folles, il chantait inlassablement les mêmes notes, dans un ordre immuable. Soudain, il se tut, et Paul aurait pu jurer que l'oiseau lui rendait silencieusement son regard. Pensifs tous deux, l'homme et l'oiseau s'observèrent à travers l'épaisseur frémissante de l'air surchauffé, puis, sans crier gare, l'oiseau reprit son chant. Paul sentit la tristesse descendre en lui comme une secousse. Son esprit fut traversé de fantasmes extravagants et les larmes lui vinrent aux yeux. Peut-être avait-il été un oiseau, dans la nuit des temps, et le colibri l'avait-il reconnu comme tel...

L'oiseau voleta vers lui. *Moi aussi, j'ai des ailes,* songea Rivers. *Elles sont invisibles, mais je sens sous elles la caresse du vent et mon corps est aussi léger que le sien.*

Lorsque sa vision s'éclaircit, il n'y avait plus de colibri.

– Il savait que vous l'écoutiez, expliqua Joan. C'est le roi des cabotins.

– Dites-moi, cela vous arrive souvent, ce genre de choses?

– Tout le temps. Tous les animaux sont cabotins, pourtant ils ne vous feront pas leur numéro à moins d'être certains de votre innocence. Ils sont beaucoup moins calés que les humains, mais tellement plus sages. Certains, les chats en particulier, sont de grands philosophes, ou même des saints.

– Etes-vous une sainte? demanda-t-il, surpris de sa propre question.

– Peut-être. Si j'ai une ambition, ce serait en effet d'atteindre à la sagesse, ou à la sainteté.

– Eh bien, dit Rivers avec une fermeté nouvelle, vous avez fait la moitié du chemin. (Il choisissait ses mots avec soin.) Bouddah et le Christ ont tous deux commencé par faire retraite dans un désert assez semblable à votre solitude actuelle, mais *ils n'y sont pas restés!* Ils en sont revenus, pour tenter de sauver les autres hommes. Peut-être ont-ils échoué, mais au moins ils ont fait leur possible.

Il se hissa en chancelant sur ses pieds et s'étira

pour chasser son engourdissement. Il se sentait en pleine forme.

– Où allez-vous? demanda-t-elle.

– Je rentre. J'ai du travail qui m'attend.

Gus Swenesgard fut le premier surpris d'être sorti indemne de la Grande Bataille. Ayant eu la vie sauve, il pouvait se permettre le luxe de rendre hommage à l'ennemi.

– Pas de doute, il y a de sacrés gaillards dans ces montagnes! lança-t-il à la cantonade en traversant d'un pas pesant le hall de son hôtel pour sortir dans l'éblouissante lumière. (Il fit halte sous le porche et inhala une bonne poignée de poussière en même temps que la saine odeur de l'herbe en décomposition. Puis, se passant la main sur ses joues râpeuses, il fut pris d'une violente quinte de toux et cracha un jet de salive jaunâtre.) Un de ces jours, marmonna-t-il, il faudra bien que je m'arrête de fumer. (Mais au fond de lui, Gus savait mieux que personne qu'il n'en aurait jamais le courage.)

Alors, il sortit un cigare de sa poche et l'alluma.

– Hummmm, soupira-t-il, je me sens mieux. Rien de tel que la fumée fraîche pour chasser la puanteur de la vieille fumée rance.

Gus exhala avec béatitude et descendit le perron en évitant soigneusement les marches brisées. Il se dirigea vers le camp des prisonniers dont une aile avait été agrandie à la hâte afin de permettre l'accueil temporaire des partisans qui affluaient en nombre toujours croissant. Depuis la nuit mémorable de l'affrontement, le filet des déserteurs s'était mué en un torrent. *S'ils persistent à utiliser cette machine à illusions,* songea Gus, *ma fortune est faite!*

Parvenu devant le mur d'enceinte de la prison, il s'arrêta, absorbé dans ses pensées.

Quel gaspillage, de garder ces jeunes et robustes Nègres à ne rien faire aux frais de la princesse! Je m'en vais leur faire retrousser leurs manches. Pour commencer, construire une usine de panneaux et affiches sur lesquels on pourra lire des slogans du genre « LE PLEIN EMPLOI TOUT DE SUITE! » et « TOUS ENSEMBLE NOUS VAINCRONS ». *Ensuite, j'ouvrirai une fabrique de billets de banque pour payer tout le monde. Il doit bien y avoir dans le musée le matériel ayant servi à imprimer l'argent confédéré, neuf comme au temps de Jeff Davis!*

Une fois que la planche à billets fonctionnera, il faudra retaper le patelin. Construire des routes, réparer tous les véhicules. Former un gouvernement...

Il passa en revue la liste de ses parents et amis proches; ceux-ci, bien sûr, occuperaient les postes importants... et à l'étage inférieur, il devait envisager la création d'un marais bureaucratique aux fonctions imprécises, mais qui occuperait tous les habitants de la province dont il serrait la main en passant. De vagues copains, sans plus. *Je tâcherai de faire entrer là-dedans quelques Nigs bien choisis,* décida-t-il. *On pense trop quand on n'a rien à faire.*

Le Dr Burns sortait justement de la prison.

– Salut, toubib! lança Gus. Comment ça se passe?

– A ta place, je ne garderais pas ces gens ici. Les conditions sanitaires sont déplorables. C'est un vrai bouillon de culture!

– Et si je les renvoyais au combat? Ils ont fui les partisans, ils peuvent bien se retourner contre eux.

– Non, dit Burns, ce ne sont pas les partisans qu'ils ont fui, mais ces armes diaboliques. Ne compte pas trop sur eux pour remettre ça. C'était déjà assez pénible d'être du « bon » côté des illusions, alors se retrouver en face d'elles...

– Pourtant, je dois nettoyer ces collines une bonne fois pour toutes. Je ne céderai pas. Je ne peux *plus* céder!

– Utilise des robots.

Gus ne réfléchit qu'un instant. Un sourire s'épanouit sur sa large face.

– Excellente idée, toubib! Quel effet pourraient avoir des illusions sur une armée de robots? De toute façon, cela vaut la peine d'essayer. Une offensive tous azimuts contre les positions Nigs! Avec des armes automatiques et homéostatiques exclusivement.

– Et où les trouveras-tu? demanda le Dr Burns, sceptique.

– Je les demanderai aux vers. J'exigerai de Mekkis ce qu'ils peuvent fournir de mieux. Du jamais vu!

– Cessez de lire! lança l'Oracle d'une voix morne. L'heure de la Fille de Nulle Part a sonné.

Mekkis se tortilla. Sa langue s'écrasa sur une touche de l'intercom.

– Envoyez-moi le Trafiquant, ordonna-t-il.

Peu après, la porte s'ouvrait sur un Terrien souriant, vêtu avec une élégance un peu voyante (une cravate à nœud carré fermait le col de sa combinaison de velours prune).

– Je suis le Trafiquant, annonça-t-il.

– Je sais, dit Mekkis. *(Et télépathe, qui plus est,* songea-t-il, *sinon tu n'aurais jamais pu apprendre à brouiller ta pensée. Encore un diplômé de l'école de Balkani!)*

– Si je comprends bien, dit le Trafiquant, vous

désirez faire l'acquisition de certains documents originaux rédigés de la main du Pr Balkani et dont le contenu était exclusivement réservé aux étudiants qui avaient le privilège d'assister à ses séminaires?

– Pouvez-vous oui ou non me les procurer?

– Oui, moyennant un bon prix.

– Je comprends. C'est donc vous qui avez vendu à mon prédécesseur cette impressionnante collection de modèles réduits en plastique, ainsi que différents bibelots historiques pieusement conservés sous vitrine dans le bureau voisin? Eh bien, en échange des documents en question, je suis disposé à vous céder toute l'aviation militaire de la Première Guerre Mondiale.

– C'est une blague! fit le Trafiquant, tout sourire.

– Vous êtes étonné? Je m'en doutais. Tant de générosité a de quoi surprendre. Mais voyez-vous, nous autres Ganymédiens...

Le Trafiquant éclata franchement de rire.

– Vous n'y êtes pas du tout, Vous me payeriez pour vous débarrasser de ces maquettes que je n'en voudrais pas. Elles ne valent pas un clou!

– Comment? Mais le maréchal Koli...

– Le maréchal Koli est un collectionneur. Je suis un homme d'affaires. Les documents sont à vendre pour la somme de cent cluds ganymédiens. C'est à prendre ou à laisser.

– A ce prix, je veux voir la marchandise.

– Soit. Mais une seule page.

– Il me serait facile de vous faire arrêter sur-le-champ et de vous confisquer purement et simplement ces papiers.

– Sans aucun doute. Mais vous vous priveriez à jamais du plaisir de lire ceux que je vous apporterai par la suite. J'en ai toute une pile, vous savez.

– Admettons. Mon secrétaire va vous faire un chèque. A présent, montrez-moi ces documents.

Après le départ du Trafiquant, Mekkis s'absorba dans leur examen minutieux. Authentique, à première vue. Il reconnaissait l'écriture erratique du professeur. *Voici donc la clé de tout,* songea-t-il avec émotion. *Les analyses des expériences de chimiothérapie qui ont débouché sur la Thérapie de l'Oubli! Grand Dieu! Il faut que j'oblige ce jeune blanc-bec à déballer tous ses trésors!*

Il refusa de recevoir Gus Swenesgard lorsqu'on l'informa de sa présence. Il ne prit même pas la peine de le sonder.

– Tenez-vous-en à mes ordres précédents, dit-il à son secrétaire. Donnez-lui ce qu'il désire et fichez-moi la paix!

Gus s'en retourna donc avec un bon de réquisition de toutes les armes automatiques et homéostatiques disponibles.

Mekkis était loin de s'en douter, mais l'eût-il appris qu'il fût demeuré de glace. L'administrateur avait, pour l'instant, d'autres sujets de préoccupation. En effet, un télex venait de tomber sur le bureau de son secrétaire. Le texte en faisait l'effet d'une bombe.

– Percy X et Joan Hiashi ont réussi à s'évader, annonça l'intercom. (Après un silence, le secrétaire ajouta :) Le Pr Balkani est mort.

L'espace d'un instant, Mekkis demeura pétrifié, la mâchoire pendante, la gorge sèche.

– Qu'est-il arrivé? demanda-t-il.

– Le professeur se serait suicidé.

– Non, murmura Mekkis, c'est impossible. Non!

– Nous ne disposons encore que des bribes d'informations transmises par le Bureau de Contrôle Culturel.

– Autre chose?

L'intercom émit un faible soupir.

– De source sûre, Percy X serait retourné dans les montagnes; le Contrôle Culturel est dans tous ses états, car ce retournement spectaculaire de situation nous oblige à reconsidérer notre estimation des forces de la résistance qui semble jouir d'un soutien beaucoup plus large que prévu. Des complices ont introduit dans l'établissement de Balkani deux robots, sosies de Percy X et de Joan Hiashi. Le professeur ne s'est aperçu de rien, bien que les robots eussent été conçus à partir de ses propres plans. On pense que Balkani était en fait un agent double. D'autre part, les pervertis formés par ses soins auraient reçu des suggestions post-hypnotiques mortelles. Un certain nombre d'entre eux se sont déjà donné la mort sans raison apparente.

– Merci, fit Mekkis d'une voix étranglée.

Il éteignit l'intercom et demeura prostré dans sa niche, parcourant du regard les articles, livres, pamphlets, monographies du regretté professeur, disposés comme des sentinelles autour de lui. *Aussi longtemps que je vivrai, Balkani ne sera pas vraiment mort,* songea-t-il tout à coup. *J'achèverai ce qu'il a commencé. Son œuvre est gravée en moi, à la virgule près.*

Il convoqua son bataillon de larbs. Ils arrivèrent au galop, tout frétillants, vibrants d'un pitoyable dévouement, à la perspective de pouvoir lui être utiles une fois de plus.

– Ingénieur électronicien! tonna Mekkis.

– Présent! couina une minuscule créature pourvue de longs doigts effilés.

– Hâte-toi d'installer l'amplificateur de pensées

dont je me sers pour entrer en contact avec l'Esprit Collectif.

Depuis toujours, continua-t-il en son for intérieur, *nous ne faisons qu'un. Depuis toujours, agglutinés en une masse visqueuse, nous nous sommes refusé toute possibilité d'expression individuelle. Mais moi, Mekkis, je suis devenu un individu. Je me suis détaché de la Grande Matrice pour engendrer... quoi, au juste? Un authentique Ganymédien? Un être humain? Non. Plutôt – un être unique, étranger à son peuple, étranger à l'univers entier. Un Balkani. L'Esprit Collectif s'est retourné contre moi et pour me punir m'a expédié dans le trou du cul du système. Moi, Mekkis, je leur en suis reconnaissant! Sans notre aversion réciproque, sans cette vengeance mesquine de mes semblables, je n'aurais jamais eu connaissance des théories de Rudolph Balkani. Des théories? Non, des faits. Le sens ultime de l'existence!*

– A quel usage destinez-vous l'amplificateur de pensées? demanda l'Oracle avec anxiété.

– Je vais entrer en contact avec Percy X, si vous voulez le savoir.

– Dans ce cas, fit l'Oracle sur un ton de pathétique résignation, il est trop tard pour reculer. Les ténèbres sont sur le point de nous envelopper et plus rien ne pourra nous sauver.

14

Voyant l'ange de lumière descendre du firmament, les Toms détalèrent à toutes jambes, abandonnant l'entrepôt.

– Nous voilà débarrassés de ces pauvres couillons superstitieux, s'écria Percy X, tout joyeux. Dresse-moi un mur de flammes autour de l'entrepôt; ça les maintiendra à l'écart le temps que nous chargions le matériel.

– Okay, dit Lincoln.

Tripotant les boutons de la machine, il se concentra. Sitôt dit, sitôt fait. La chaleur dégagée par les flammes était si intense que les deux partisans avaient peine à respirer. Mais le feu brûlait sans rien consumer. Percy et Lincoln travaillaient vite. Le véhicule fut bientôt chargé au point qu'ils auraient du mal à l'arracher au sol. Tout en empilant les caisses, Percy fredonnait une chanson microtonale née de ces innombrables nuits passées à la belle étoile. *Quel plaisir de sentir jouer ses muscles,* songeait-il. *Rien de tel que l'effort physique quand la moindre pensée vous conduit au seuil du désespoir.*

Peu après, l'appareil décollait. Sans être vu, il s'éloignait à toute vitesse de l'entrepôt et mettait le cap sur les montagnes.

Au fil des secondes, Percy avait de plus en plus conscience d'être un oiseau et de moins en moins celle d'être un homme aux commandes d'un zinc fatigué. Déjà, il ne voyait plus les parois autour de lui ni même le tableau de bord; il en vint peu à peu à ne plus sentir le levier ou les pédales. L'espace d'un moment, il oublia qu'il avait jamais été un homme. Il ne restait que les déplacements d'air, perceptibles grâce à d'infimes altérations du paysage. Il se mouvait librement au milieu de cet air dont il sentait les courants comme des pressions sur une sorte de plastique transparent et les différents niveaux, jouant les uns par rapport aux autres avec la grâce des différents groupes d'une chorale.

Une voix lointaine chuchota : « Il savait que vous l'écoutiez. C'est le roi des cabotins! » Il reconnut Joan Hiashi. Il aperçut fugitivement son visage; puis les traits se modifièrent, comme de la pâte sous les mains d'un invisible sculpteur. Ce n'était plus Joan, mais Lincoln Shaw, défiguré par la terreur.

– Reprends-toi, Percy! cria-t-il. Nous avons failli percuter la montagne!

Progressivement, Percy réintégra son siège de pilote. Ils traversaient une vallée encaissée. De part et d'autre du petit appareil défilaient des murailles abruptes. Son front se couvrit de sueur.

– Je me prenais pour un oiseau, murmura-t-il.

– Je sais! (De ses doigts tremblants, Lincoln remit d'aplomb ses lunettes rafistolées.) J'ai éteint le projecteur juste à temps.

– Joan était là et je lui chantais quelque chose. Rivers était là, lui aussi. J'ai bien failli lui rentrer dans la figure!

– C'est ce que tu imagines, mon vieux! En réalité, ce n'est pas dans le visage de Rivers que tu as failli entrer, mais dans le flanc de la montagne.

– Tiens, dit Percy qui s'était mis à frissonner, prends ma place. (Le tremblement de ses mains se transmettait aux commandes sensibles du véhicule.)

– Voilà qui est parler, marmonna Lincoln.

Un moment, ils volèrent en rase-mottes, et en silence. Percy se racla la gorge.

– Les vivres nous feront plus longtemps, à présent.

Lincoln lui jeta un coup d'œil en coin.

– C'est l'avantage d'avoir moins de bouches à nourrir, dit-il en souriant.

– Combien crois-tu qu'il en restera, à notre retour?

– Ça, mon vieux, je n'en sais rien.

– Je ne suis certain que d'une chose, riposta Percy, c'est que... (Il se tut abruptement. Une petite voix s'était fait entendre dans son esprit.) J'entends quelqu'un, dit-il.

– C'est le projecteur. Ne fais pas attention.

– Vous êtes bien Percy X? demanda la voix.

– Oui, c'est moi.

Cette voix, son environnement émotionnel, lui étaient vaguement familiers. Impossible, cependant, d'en retrouver l'identité. En désespoir de cause, il pencha pour le Pr Balkani, puis, d'un coup, reconnut Mekkis. Ou plutôt, une pitoyable caricature de Mekkis, sans commune mesure avec le froid tacticien, l'Administrateur sûr de lui qu'il avait affronté le jour même de sa capture. Il émanait de ce nouveau Mekkis d'étranges et douloureuses vibrations.

– J'ai une proposition à vous faire, dit la voix, saccadée comme si chaque mot lui en coûtait.

– Je l'ai déjà entendue, dit Percy. La réponse est la même.

– Non, cette proposition est différente. L'autre jour, je vous ai demandé de collaborer avec moi; à présent, c'est moi qui souhaite collaborer avec vous pour écraser notre ennemi commun, le Grand Esprit Collectif.

Sous la soie grise et presque immobile du ciel, la prison de Ulvöya semblait abandonnée. Les portes des cellules, et jusqu'aux portes d'entrée des bâtiments battaient au vent, si bien que les mouettes les plus hardies sillonnaient de leurs vols lourds les gigantesques vestibules à la recherche de nourriture. Le vent charriait l'odeur de leur fiente et leurs clameurs se répondaient d'un bout à l'autre des couloirs comme de déchirants appels de détresse.

Epouvantées par ces cris sauvages, les larbs du maréchal Koli se recroquevillaient autour de leur maître en tâchant de se persuader que celui-ci saurait se montrer à la hauteur, si la situation tournait au tragique. La scène se passait dans le bureau de feu le Pr Balkani. Mollement allongé sur le divan du patient, Koli ne prêtait aucune attention à ce qui l'entourait, tout entier à la tâche qu'il s'était assignée, tâche plaisante s'il en fut, puisqu'il s'agissait de cuisiner le commandant Ringdahl. Effondré dans le fauteuil du maître, l'infortuné officier avait l'œil torve et la bouche amère. On avait coupé l'électricité, de sorte qu'ils devaient s'éclairer à la bougie, et les rafales de vent qui s'insinuaient sous la porte faisaient vaciller les flammes dont les ombres mouvantes dansaient la sarabande sur les murs.

Koli hocha la tête en direction du double désactivé de Percy et des vestiges de l'autre robot, tous deux adossés à la cloison dans un coin de la pièce.

– Pouvez-vous m'expliquer, commandant, comment ces deux grotesques épouvantails ont pu être introduits ici?

– Non, fit Ringdahl à voix basse, à moins que le professeur...

– Et le manuscrit du professeur? Qu'est-il devenu?

– Chaque matin, le robot dévolu au ramassage du courrier fait le tour des bureaux. Si Balkani a placé son manuscrit dans le plateau de correspondance montante, le robot l'aura récupéré et expédié automatiquement.

– Où cela, commandant? A quelle adresse?

Les épaules de Ringdahl s'affaissèrent.

– Je l'ignore. Et nous n'avons aucun moyen de le déterminer.

– Savez-vous ce que je crois? siffla Koli, et de rage, son corps se détendit et se cambra en S. Je crois qu'il l'a envoyé aux autres membres de la formidable organisation clandestine à laquelle il appartenait. Je n'ai pas l'impression, commandant, que vous mesuriez toute la gravité de la situation. Il ne s'agit pas seulement de mettre un terme à l'opération Ulvöya. Nous ne pouvons plus nous fier à un seul des pervertis formés dans ce centre! Et cela vaut pour toutes les personnalités humaines du gouvernement. Or, privés de ce tampon entre gouvernants et gouvernés, nos projets concernant cette planète tombent à l'eau. Si nous devons assumer à nous seuls toutes les tâches de gestion et de répression, le jeu n'en vaut plus la chandelle!

– Et quelle décision seriez-vous amenés à prendre? demanda d'une voix craintive le commandant Ringdahl.

– Celle de vider les lieux, répondit Koli.

Puis, adressant au commandant un salut sardonique, il sortit dans un sillage de larbs.

L'obscurité était presque totale lorsqu'ils émergèrent dans la cour de la prison. Tandis qu'ils se frayaient un chemin vers l'appareil ionosphérique dont le moteur tournait déjà, le larb-technicien galopa sur ses courtes pattes pour remonter jusqu'à son maître la cohorte de ses semblables.

– Envisagez-vous vraiment de tout abandonner? demanda-t-il.

– Bien sûr que non! Nous évacuerons la planète pour permettre le déroulement de l'opération Stérilisation. Lorsque toutes les forces ganymédiennes seront en lieu sûr, je veillerai moi-même à l'extinction systématique de toute vie sur Terre. Et crois-moi, ce sera un nettoyage complet. Lorsque cette planète aura retrouvé sa pureté originelle, nous la repeuplerons avec des espèces ganymédiennes raisonnables et équilibrées.

– Votre sagesse est infinie, murmura le larb, subjugué.

– Prévois quelque chose! ordonna Mekkis.

L'oracle secoua énergiquement la tête.

– Inutile. Il n'y a plus d'avenir.

– Si tu ne fonctionnes plus, je peux te faire remplacer!

– Exécuter, vous voulez dire. Mais que m'importe quelques heures de plus ou de moins. Nous sommes déjà morts, même si nous ne le savons pas encore.

– Garde! hurla Mekkis dans l'intercom. (Un homme habillé en soldat fit son entrée. De sa langue frémissante de rage, Mekkis lui désigna l'Oracle.) Abattez-moi ça!

– Votre propre mort... balbutia l'Oracle. (Mais il n'eut pas le temps d'adresser sa dernière prophétie.)

– Débarrassez-moi de cette carcasse, dit Mekkis. Emmenez-la dehors et jetez-la quelque part.

Il se sentait anéanti. Lorsque le garde fut sorti, il fit appeler ses larbs électroniciens.

– Branchez immédiatement l'amplificateur. Il faut que je parle à Percy X.

Les techniciens réglèrent la machine sur la position approximative de Percy et de ses ondes encéphaliques. Aidés de ses habilleurs, Mekkis coiffa le casque de transmission.

Enfin prêt, il se concentra. Ses yeux froids se fermèrent.

Percy, songea-t-il. *Percy.*

Et la réponse lui parvint.

– Me voici. Je vous entends.

– D'après les analyses minutieuses que j'ai effectuées de la situation, l'arme infernale est notre seule chance de victoire. J'en suis donc arrivé à la conclusion que vous devriez l'utiliser dans les plus brefs délais. (Cela étant dit, Mekkis fit de son mieux pour chasser de sa pensée toute trace de doute ou de frayeur afin de ne transmettre au Nig qu'un sentiment de nécessaire impatience.)

– Je le ferai avec plaisir, répliqua Percy, si je vis assez vieux pour en arriver là.

– Que voulez-vous dire?

– Votre ami Swenesgard me tient à sa merci. Je suis encerclé et son armée de ferblanterie gany entièrement automatisée va nous tomber dessus d'un instant à l'autre. Cette fois, je suis fait comme un rat.

Mekkis se crispa sous l'effort accru de concentration. Bientôt, il fut en mesure de voir à travers les yeux de Percy. Tanks, robots et zincs de tailles et formes variées les cernaient de tous côtés, prêts à donner l'assaut final.

Sur le champ de bataille monstres et machines s'affrontaient. Accroupis à l'entrée d'une grotte au faîte de la colline, Percy et Lincoln manœuvraient le projecteur d'illusions. Dispersés dans les environs immédiats ou embusqués derrière eux dans la grotte, les derniers partisans tiraient au hasard. Il en restait si peu, déjà, et voici que scrutant le fond de la vallée, Percy constata que d'autres s'étaient redressés, les mains levés au-dessus de la tête, et marchaient au-devant de l'ennemi...

Il agrippa le bras de Lincoln.

– Et toi aussi? Toi aussi, tu vas te retourner contre moi?

– Ecoute, vieux, je suis là, en train de manipuler cette boîte de malheur, et tu me demandes si je vais te lâcher!

– Si l'envie t'en prenait, dit Percy d'une voix sourde, je te tuerais!

– Pas moi, répondit tranquillement Lincoln. Je suis le seul qui ait jamais eu le culot de te dire tes quatre vérités!

– Je ne sais pas ce qui m'arrive. (Percy secoua la tête, comme pour s'éclaircir les idées. *Je me sens tout drôle. Ils doivent utiliser de nouveaux gaz qui s'attaquent au système nerveux.* Puis il surprit le regard inquiet de Lincoln.) Je sais bien ce que tu penses, dit-il. Tu penses que je suis en train de devenir parano!

Lincoln détourna les yeux sans rien dire.

– Mais regarde donc! s'écria Percy en lui montrant la vallée d'où leur parvenait le tonnerre des accrochages. Suis-je victime d'hallucinations ou mes amis m'abandonnent-ils les uns après les autres? Et ces tanks, ces robots, sont-ils le fruit de mon imagination? Et ces partisans qui se rendent par dizaines, je les invente? Je suis seul contre l'univers entier; seul, tu entends? Et ce n'est pas un fantasme!

Lincoln le considéra avec un mélange de répugnance et d'admiration.

– Okay, Percy, dit-il enfin. Tu as gagné. Ce que tu dis est vrai, et d'ailleurs...

– Attends! coupa Percy. (Ses yeux qui avaient déjà suivi tant de combats étaient fixés sur la vallée.) Regarde-moi ces imbéciles! hurla-t-il. Ils n'osent pas se servir des projecteurs. Sans eux, nous sommes fichus.

Au même instant, en effet, les premières lignes de sa petite armée cédaient sous la poussée des tanks ennemis qui s'élançaient en grondant à l'assaut de la colline.

– Attention! cria Lincoln. C'est nous qu'ils visent!

Juste à temps, les deux hommes se jetèrent en arrière. Juste à temps. L'entrée de la grotte explosa. Dans un tourbillon brûlant, poussière et fragments de rochers s'engouffrèrent dans l'ouverture. Des voix se firent entendre, triomphantes :

– On les a eus!

– Rendez-vous!

Puis d'autres, suppliantes :

– Rendez-vous! Nous sommes perdus!

Enfin, celle, tonnante, de Percy X :

– Luttez, bande de lâches! Luttez jusqu'au dernier!

Un bruit de course précipitée... il était clair que bien peu de partisans – sinon aucun – n'avaient l'intention d'obéir à leur chef.

Haussant les épaules, Percy se tourna vers son fidèle lieutenant.

– Viens, on va s'enfoncer le plus loin possible à l'intérieur de la grotte et les attendre là. Ni leurs tanks ni leurs zincs ne pourront y pénétrer; c'est un labyrinthe d'étroits boyaux et j'en connais par cœur les moindres recoins.

Lincoln grimaça un sourire sardonique.

– Comme tu voudras, vieux. C'est toi qui décides.

Ils se mirent en route, précédés des rayons de leurs lampes à arc. A un moment donné, Percy s'arrêta.

– Okay. Enterrons-nous ici.

Ils se blottirent à l'abri d'une stalagmite à la surface lisse, leurs fusils laser prêts à faire feu.

– Si seulement j'avais cette bon Dieu d'arme infernale sous la main, marmonna Percy entre ses dents.

– Une chance que tu ne l'aies pas, riposta Lincoln. Il est plutôt réconfortant de savoir que même si on va crever, il en restera quelques-uns pour se souvenir de nous.

– Même si ce ne sont que des vers, des pervertis ou des traîtres?

– Même si ce ne sont que des vers, des pervertis ou des traîtres, confirma Lincoln avec lassitude.

Percy n'eut pas le temps de répondre, car du gouffre d'ombre qui s'ouvrait devant eux jaillirent soudain le ronflement ouaté des moteurs électriques et le lourd pas cadencé des robots.

– Ils arrivent, souffla-t-il.

Les deux hommes épaulèrent leurs fusils.

Percy tira le premier, visant là où il savait se trouver l'entrée de la cavité. Le premier robot reçut le rayon en pleine poitrine. Ce fut une magnifique explosion. A la lueur des flammes, ils discernèrent la cohorte des autres machines. Leurs fusils crachèrent encore et encore, mais aucun projectile ne semblait pouvoir arrêter la progression irrésistible des soldats de métal dont les pieds écrasaient sans cérémonie les carcasses éventrées de leurs camarades. L'air s'était empli d'une fumée âcre et acide, encore alourdie par la puanteur des résistances grillées et du métal fondu. Percy et Lincoln pouvaient à peine respirer. Ils étaient secoués de quintes de toux et les larmes traçaient des sillons dans la poussière accumulée sur leurs joues. La chaleur devint vite insupportable. Trempés de sueur, les paupières en feu, les deux partisans continuaient de tirer à l'aveuglette.

Jusqu'au moment où Percy se trouva à court de munitions. Il pressa la détente et poussa un juron retentissant.

Son fusil était vide. Arrachant le sien des mains de Lincoln, il constata qu'il ne lui restait que deux coups à tirer.

– As-tu autre chose?

– Rien qui puisse arrêter ces démons.

Impuissants, ils regardèrent les forteresses ambulantes se ruer vers eux en une dernière charge triomphale.

15

En fin d'après-midi, l'appareil transportant Paul Rivers et Joan Hiashi descendit d'un ciel sans nuages pour se poser sur la petite place de Swenesgard, devant le perron du vieil hôtel. Paul ouvrit aussitôt la porte et sauta sur le sol.

– Inutile de m'accompagner, dit-il à la jeune femme. Je ne tiens pas à ce que Gus vous voie.

– Entendu, fit-elle d'un ton rêveur. (Elle se recroquevilla comme une gosse sur son siège.) De toute façon, je me fiche pas mal de cette vieille baderne. Je préfère rester ici à prendre le soleil.

Tout en gravissant la volée de marches branlantes, Paul réfléchissait. *A en juger par la densité de la fumée qui enveloppe les montagnes, les partisans doivent être assiégés. Si par malheur, Percy est capturé vivant, ils l'écorcheront et on en parlera plus.* D'un geste machinal, il plongea la main dans sa poche et referma les doigts autour de la crosse du pistolet laser. *Mais en admettant qu'il sorte vivant de cette aventure, je n'aurais pas d'autre choix que celui de le griller! Ne pas quitter Gus d'une semelle, c'est la seule solution. Si Percy est fait prisonnier, tôt ou tard ils l'amèneront devant lui, puisque ce vieux renard est devenu le véritable patron de la province.*

Comme il pénétrait dans le hall de l'hôtel, Gus l'apostropha.

– Soyez le bienvenu, monsieur! Ce n'est pas tous les jours qu'un ancien client décide de revenir parmi nous. (Il émit un gloussement de satisfaction. Son visage gras rayonnait.)

– C'est que, voyez-vous, l'endroit est si calme, murmura Paul, si reposant...

– Pas aujourd'hui, ricana Gus en gratifiant son « client » d'un énorme clin d'œil. (Il lui tendit un cigare, non pas une de ses habituelles saloperies bon marché, mais un véritable Crusta Rey roulé à la main.) Tenez, dit-il. Pour célébrer l'événement.

Paul accepta le cigare sans l'allumer.

– Quel événement?

– La mort de Percy X, annonça d'une voix solennelle le petit homme ventripotent. Et la *rrréddition* des partisans! (Les mots sortaient de sa bouche en se bousculant, comme si on les avait arrachés d'un coup avec un tire-bouchon.) Là où toutes les forces ganys réunies ont échoué, ce bon vieux Gus a réussi les doigts dans le nez! (Puis, voyant le cigare non allumé dans la main de Rivers :) Dites, si vous ne fumez pas, vous accepterez bien un verre?

– Volontiers. (*Je me demande s'il a vraiment pu liquider Percy et ses amis,* songea Rivers. *Et si c'est le cas, qu'est devenu le cadavre?*)

Gus lui versa une généreuse rasade d'un scotch de derrière les fagots et lui présenta le verre en même temps qu'un large sourire. Rivers avala une gorgée et décida de s'en tenir là. *Je n'ai jamais rien bu d'aussi raide depuis longtemps. Si je veux arriver à faire parler cette canaille, il vaut mieux que je garde les idées claires...*

– Comment savez-vous que Percy a été tué? demanda-t-il.

– Ben, j'ai pas encore vu son corps, reconnut Gus, mais il y a une heure, j'ai reçu un message du front m'annonçant que toute résistance avait cessé. Percy n'est pas au nombre des prisonniers; par conséquent, il doit être mort.

– Il a pu s'échapper.

Gus secoua la tête avec une telle vigueur que ses joues dansèrent sur les maxillaires.

– Impossible! Nos forces l'avaient coincé au fond d'une grotte. J'ai envoyé mes robots à l'intérieur avec ordre de le déloger s'il était encore en vie ou de ramener son cadavre. J'attends des nouvelles d'un instant à l'autre. En attendant, je vais aller trouver ce ver, Mekkis, pour lui annoncer la bonne nouvelle. Pourquoi ne viendriez-vous pas avec moi?

– Non, merci.

S'il y avait une chose à laquelle Rivers ne tenait pas, c'était bien de se trouver à proximité d'un Gany télépathe. Pensif, il regarda Gus s'éloigner.

Gus Swenesgard se rendit au QG de l'armée gany à bord du taxi le plus moderne de la province. Il nageait en pleine euphorie. Cependant, lorsque le puissant véhicule amorça sa descente. Il ne put s'empêcher de remarquer le calme insolite qui semblait peser comme une chape de plomb sur les différents bâtiments qu'il avait toujours connus débordants d'activité. *Bizarre,* songea-t-il.

A la première occasion, il entraîna un perverti à l'écart.

– Dites-moi, mon brave, qu'est-ce qui se passe ici? Où sont-ils tous partis?

L'autre, simple manutentionnaire, le dévisagea avec stupeur.

– Comment? Vous n'êtes pas au courant? Les Ganys fichent le camp!

– Quoi? Il quittent la province? (Gus était abasourdi.)

– Mais non. Ils quittent la Terre.

Sur ces mots, le bonhomme s'en retourna en traînant les pieds vers la pile de microfilms d'apparence très officielle qu'il était en train d'emballer avant d'être interrompu. Gus semblait s'être transformé en statue. Mais son côté pratique et calculateur reprenant le dessus, il promena un regard furtif autour de lui et fut surpris par tout ce que les vers s'apprêtaient à laisser derrière eux : véhicules, installations diverses, et même des armes sophistiquées. *J'ai bien envie de demander à mon vieux copain Mekkis s'il voit un inconvénient à ce que je le débarrasse de toute cette ferraille,* pensa-t-il. *Je sais ce que c'est que de déménager. On a horreur de laisser traîner un tas de trucs inutiles.*

Pour la première fois depuis des semaines, il fut admis à pénétrer dans le bureau de Mekkis. Paisiblement enroulé sur lui-même, l'Administrateur était plongé dans un vieux bouquin terrien. A l'entrée de Gus, il leva les yeux et lui adressa un gracieux sourire.

Gus prit son courage à deux mains.

– Comme ça, vous nous plaquez? laissa-t-il tomber de but en blanc.

– Mais pas du tout. Pas du tout! riposta Mekkis sur un ton de réserve hautaine. (Il semblait piqué au vif. Manifestement, le sujet remuait en lui une corde sensible.)

– Pourtant, un ouvrier vient de m'apprendre...

– L'ensemble des forces ganymédiennes d'occupation a décidé de se retirer, à l'exception de moi-même et de ma suite. Il y a longtemps que je ne me suis branché sur l'Esprit Collectif; j'ignore donc les raisons de ce départ. Et d'ailleurs, je m'en moque! Quoi qu'il en soit, moi et mes larbs, nous restons.

– Je n'y comprends rien, murmura Gus. On m'avait dit que tous les Ganys fonctionnaient en...

– En cercle fermé? C'est exact. Mais des raisons scientifiques m'ont incité à prendre mes distances. C'est que le Pr Balkani est mort avant d'avoir pu mener à son terme une expérience capitale. Puis-je vous confier un secret?

– Hein? Oui, naturellement.

Mekkis saisit avec peine entre ses mâchoires un épais manuscrit tapé à la machine et le déposa sur le bureau.

– Son éditeur de New York m'a fait parvenir ceci par l'intermédiaire de mes agents. Il est arrivé aujourd'hui. L'unique exemplaire de ce qu'on pourrait appeler le testament du grand Balkani... *La Thérapie de l'Oubli.* Et il est à moi! Cela ne signifie rien pour vous, je le sais. Je le lis dans votre pitoyable esprit. Une seule chose vous intéresse : le pouvoir. Ce bureau vous fait envie, monsieur Swenesgard?

– Oui, reconnut Gus, penaud.

– Ne vous gênez pas. Justement, j'avais l'intention de le quitter au plus vite, de crainte que mes soi-disant camarades ganys ne viennent m'y chercher. (Avec un reniflement de mépris, il ajouta :) Vous êtes chez vous, monsieur Swenesgard!

– Attention, il arrive! souffla Paul Rivers.

Assise sur le siège voisin à l'avant de leur véhicule, Joan se baissa subitement. Paul descendit et s'avança à la rencontre de Gus qui s'approchait en titubant dans la lumière dorée du soleil couchant. Ivre, cela sautait aux yeux.

Il a dû commencer à fêter sa victoire, songea Rivers, amusé.

Gus croisa quelques individus, pour la plupart des Toms besogneux d'une ostensible discrétion. Tous le saluèrent; aucun ne sembla remarquer l'état dans lequel se trouvait le nouveau maître de la province. L'habitude peut-être.

– Comment vous sentez-vous? demanda Rivers.

Gus s'arrêta, chancelant, toisa le médecin sans manifester le moindre signe de reconnaissance et battit des paupières.

– Qui êtes-vous?

– Nous avons échangé quelques mots dans le courant de l'après-midi et j'ai passé plusieurs jours dans votre hôtel. (Rivers s'exprimait d'une voix forte, en détachant chaque mot, comme s'il parlait dans le cornet acoustique d'une tante sourde.) Je suis le Dr Paul Rivers.

– Ah! Je me souviens. Et moi, docteur, je suis le futur empereur de la planète!

Où veut-il en venir? se demanda Rivers avec inquiétude.

Gus lui posa une main dodue sur l'épaule et pesa de tout son poids. Puis, agitant sous son nez un index narquois, il chuchota, sur un ton de malicieuse complicité.

– Ils s'en vont. ILS S'EN VONT!

– Qui ça?

– Les envahisseurs. Les vers! Et quand ils seront partis, savez-vous qui prendra les choses en main? Moi!

Il souleva sa main au grand soulagement de Rivers et recula en titubant.

– Le temps de la Chose qui en Savait Trop est révolu! proclama-t-il d'une voix momentanément débarrassée de toute trace d'ébriété.

Est-il vraiment noir? pensa Rivers. *Dit-il la vérité?*

S'approchant, il passa le bras de Gus par-dessus son épaule.

– Appuyez-vous sur moi, monsieur Swenesgard. Je vais vous ramener à l'hôtel.

Quelques instants plus tard, pantelant, il déposait son encombrant fardeau sur un des canapés du hall d'entrée. Embusqué derrière son bureau, l'employé de la réception fit mine de ne rien voir.

– Vous vous rendez compte? marmonna Gus. Je possédais déjà toutes les armes automatiques que les Ganys m'avaient refilées pour combattre la résistance, et voilà que j'hérite des armes psychologiques de Percy! (Il lâcha un joli rot.) J'incarne le pouvoir. Je *suis* le pouvoir! (Et d'un coup, sa voix se raffermit, son regard retrouva toute sa vitalité.) Il faut que je passe à la télé à une heure de grande écoute. Après le départ des Ganys, les gens vont se sentir abandonnés, orphelins, pour ainsi dire. Ils vont avoir besoin d'un chef, d'une autorité de remplacement. A mon avis, ils auront hâte de sentir à nouveau la bonne vieille poigne américaine des familles. Ils voudront quelqu'un en qui ils pourront placer leur confiance, quelqu'un qui les connaît et qui leur ressemble...

– Pas mal, le boniment, dit Paul après un silence.

– Je vous crois!

Gus a raison, pensa Rivers. *Le moment est venu pour lui de se montrer. L'Homme qui en Voulait Trop succédant à la Chose qui en Savait Trop. L'humain, après le ver. Monsieur Tout le Monde s'installant sur le siège à peine refroidi de l'extra-terrestre. L'ordinaire se substituant à l'extraordinaire. Le pouvoir retrouvant le visage de l'humanité dans toutes ses limites et imperfections, mais indubitablement réelle.*

– C'est comme si j'y étais, reprit Gus, la voix épaisse et le regard à nouveau voilé, en dodelinant de la tête. L'émission va commencer. Je m'installe. Là-bas, le présentateur habituel est en train de lire une information de rien du tout et soudain, sans crier gare, je me lance. J'apprends au monde médusé ma victoire sur les partisans Nigs. Moi, Gus Swenesgard, plus fort que les Ganys, j'ai écrasé la résistance! (Nouveau rot. Il voulut continuer à parler et ne put articuler un seul mot. Sa face huileuse semblait enfler à vue d'œil. Voyant Rivers se lever, il cligna des yeux affolés.) Vous n'allez pas me quitter, docteur?

On n'a pas tous les jours l'occasion de recueillir les confidences du futur empereur de la planète, songea Rivers. *Mais si je n'agis pas dans les plus brefs délais, il risque fort de ne plus y avoir de planète sur laquelle régner.*

Peu après, l'appareil à bord duquel se trouvaient Rivers et Joan Hiashi filait en rase-mottes au-dessus des champs éclairés par la seule clarté des étoiles. Rivers brancha le pilotage automatique et sortit de ses bagages l'amplificateur de pensées de Newkom.

– Que comptez-vous en faire? demanda la jeune femme du bout des lèvres.

– Je sens que Percy est toujours vivant et j'aimerais en avoir le cœur net.

– S'il a envie d'utiliser l'arme infernale, laissez-le faire. Qu'est-ce que cela changera, de toute façon?

Est-il possible, se demanda-t-il, *que l'extinction possible de la quasi-totalité de l'espèce humaine la laisse indifférente? Au fond, c'est cela qu'elle désire : l'oubli absolu et définitif pour tous.*

– Je vois ce que c'est, dit-elle en lui jetant le coup d'œil agacé de la mère s'adressant à son fils mal grandi, on a envie de sauver le monde!

Ignorant cette remarque à laquelle il ne pouvait répondre, Rivers se mit au travail sur l'amplificateur. Il coiffa le casque, chercha la longueur d'onde de Percy... et la réponse lui parvint presque aussitôt.

– Rivers! Si je m'attendais...

– Percy, écoutez-moi. J'exige...

Il n'en dit pas plus. La voix de Percy afflua dans son esprit, lourde de sarcasmes.

– Je sais. Vous voulez que je détruise l'arme infernale.

– Exactement. Le ferez-vous? (Et dans le silence qui se prolongea, Rivers prit soudain conscience de l'extrême lassitude de Percy.) Le ferez-vous? répéta-t-il.

– En un sens, je le voudrais bien, dit Percy. Mais je ne peux pas. C'est notre dernière chance d'écraser les vers. Ma vaillante petite « armée » a été balayée et ils ont bien failli m'avoir. L'arme infernale est mon dernier recours. Je n'ai pas le choix, mon vieux. Ma décision est prise, entendez-vous? Je ne céderai pas.

– Mais puisque les vers rentrent chez eux?

– Pour combien de temps? riposta Percy avec amertume. Ils reviendront! Et dans l'intervalle, comment ferions-nous pour oublier cette menace? Pensez-y, Rivers, tout pourrait recommencer du jour au lendemain!

– Mais vous n'y pouvez rien, Percy, même en vous servant de l'arme infernale. Seuls seront atteints les Ganys restés sur Terre. Mais les autres, ceux qui habitent la planète-mère, s'en sortiront sans une égratignure! Comment les empêcher de lancer, à l'heure et au jour de leur choix, une nouvelle attaque contre nous?

Une vague d'euphorie triomphante fit voler en éclats son fragile argument.

– J'ai tout prévu! dit Percy. Avant que je n'appuie sur le bouton, mon pote Mekkis va se brancher sur l'Esprit Collectif de son peuple. S'il en prend plein la figure, il en sera de même pour tous les membres de la classe dirigeante ganymédienne! Il ne restera rien de cette élite arrogante qui pense à la place de tous et prend les décisions. Privés de leurs maîtres, les larbs auront de la chance de ne pas rétrograder illico au stade de la barbarie. Que devient un corps, docteur, quand on lui coupe la tête?

– Mais l'espèce humaine... vous allez l'anéantir!

– Les Ganys sont faibles; ils sont à la charge de leurs larbs. Les hommes, peu ou prou habitués à prendre soin d'eux-mêmes, résisteront mieux. (Percy se tut, et l'espace d'un court instant, à son insu peut-être, il émana de son esprit une sourde nostalgie.) J'espère, reprit-il d'une voix changée, que vous êtes solide. Si c'est le cas, on se reverra!

– Comptez sur moi, dit Rivers.

Cependant, des pensées de Percy, rien ne subsistait, sinon le brouillage savant et infranchissable d'un expert.

Le maréchal Koli dérivait lentement à travers la cabine de pilotage du navire amiral de la flotte spatiale ganymédienne. Il était coiffé du casque qui, par l'intermédiaire de l'amplificateur de bord, le reliait à l'Esprit Collectif siégeant sur la planète-mère et à tous les autres membres de l'élite, où qu'ils fussent.

– L'évacuation? demanda la voix par laquelle s'exprimait le bloc compact formé de tous les esprits des chefs du Club de l'Horloge.

– Nous sommes tous là, répondit Koli, à l'exception d'un seul. Mekkis.

– Mekkis? Mekkis? (L'Esprit Collectif fit le compte de ses membres; l'un d'eux manquait bel et bien à l'appel. Un seul et unique esprit. Nul n'avait souhaité être tenu à l'écart de cette opération vitale et même les malades, que l'on excusait parfois, étaient présents, ajoutant leur nuance de souffrance jaune à l'arc-en-ciel des états d'âme confondus.) Que lui est-il arrivé? voulut savoir l'entité encéphalique.

– Oh, il se prend pour un indigène, leur (ou lui?) expliqua Koli. Pour ma part, je ne le regretterai pas.

– Et nous non plus, renchérit la voix unitaire du Conseil.

– Moi, je le regretterai, fit le cardinal commandant Zency, que la dissidence n'effrayait pas.

Aussitôt, les Electeurs l'enveloppèrent d'une vague d'onctueuse compassion contre laquelle, à leur grande surprise, il s'insurgea.

– Le missile est-il en position? demanda l'esprit unitaire des chefs du Club de l'Horloge.

– Je vais m'en assurer à l'instant, répondit le maréchal. (Il se laissa déporter au-dessus de l'étincelant cylindre de mort disposé devant le sas, prêt au lancement.) Regardez à travers mes yeux, chers compatriotes, et voyez vous-mêmes.

Il sentit derrière ses prunelles d'innombrables présences qui verraient en même temps que lui et sentiraient jusqu'au contact du bouton lorsque sa propre langue déclencherait le mécanisme de mise à feu.

Puis le vaisseau amiral bascula vers le haut et prit son essor. De ce fait, tous les passagers – y compris le plus auguste d'entre eux – se trouvèrent entraînés vers le bas. Depuis longtemps habitué à ce genre de gymnastique, Koli n'y prêta guère attention. Son esprit se délectait à passer une nouvelle fois en revue les événements qui allaient se succéder en chaîne lorsqu'il aurait enfoncé le fatal bouton. Une fois lancé, le missile suivrait sa course jusqu'à un point situé à la périphérie de l'atmosphère autour de laquelle il se mettrait en orbite de façon à se trouver en permanence entre la Terre et le Soleil. Là, automatiquement, il projetterait en direction du spectre solaire un champ magnétique qui gauchirait les rayons, les ferait dévier de leur trajectoire habituelle, si bien que la Terre n'en recevrait plus un seul.

La nuit tombera, songeait Koli avec ravissement.

Les océans gèleront sur toute leur profondeur, et non seulement les océans, mais l'atmosphère, l'air même que respirent les Terriens. L'atmosphère se condensera en neige dont les flocons recouvriront peu à peu la planète jusqu'à ce que l'air y soit aussi irrespirable que sur Pluton.

A ce stade, et pas avant, on couperait le champ magnétique. Les rayons vitaux du Soleil atteindraient de nouveau la Terre. L'atmosphère se liquéfierait, puis reprendrait peu à peu son état gazeux. Les océans fondraient. Lentement, la planète retrouverait ses paysages familiers, mais un siècle s'écoulerait avant que la vie ne reprît ses droits. Alors les Ganymédiens feraient un retour en force et coloniseraient cette lointaine province avec des espèces importées de leur monde d'origine. Une erreur fondamentale avait été commise en laissant la vie sauve aux indigènes dans l'espoir ridicule qu'ils pourraient devenir des larbs dociles et efficaces. Si, à l'occasion d'autres conquêtes, il leur arrivait de tomber sur un monde habité, l'erreur ne se reproduirait pas.

Désormais, un seul mot d'ordre : *Eteindre le Soleil. Et attendre.*

Koli n'avait emporté dans ses bagages qu'un petit souvenir de l'humanité. Avec l'extinction prochaine de celle-ci, ce petit souvenir allait d'ailleurs prendre une valeur folle. Il s'agissait de la collection complète des premiers courts métrages des *Trois Stooges* (1), réalisés avant la Troisième Guerre Mondiale. Jouissant à l'avance de la jalousie qui se peindrait sur le visage de ses amis lorsqu'il leur projetterait

(1) Trio burlesque très populaire aux Etats-Unis dans les années 50. *(N.d.T.)*

inlassablement ces films dans sa villa de Ganymède, Koli se lécha et se pourlécha les babines.

Et que m'importe, songea-t-il avec suffisance, *s'ils finissent par s'en fatiguer? Je leur dirai, voilà à quoi ressemblaient les hommes, et je les coincerai. Ils en resteront bouche bée. Ils ne pourront pas discuter devant ce témoignage original de la culture terrienne. Que ça leur plaise ou non, ils seront bien obligés de reconnaître qu'en exterminant ces créatures, j'ai fait œuvre utile.*

– Je ne tiens pas à vous tuer, dit Rivers dont les paumes humides de sueur glissaient sur le métal tiède du fusil laser. Mais s'il le faut, je n'hésiterai pas.

– J'en prends bonne note, murmura Percy. (Il se laissa tomber, plus qu'il ne s'assit, sur un rocher et le monde, peu à peu, cessa de tournoyer autour de lui.)

– Voilà un moment que je vous suis, reprit Rivers. Je vous avais repéré de là-haut. Vous devez être crevé. Vous n'avez même pas été capable de détecter notre présence.

– Exact, reconnut le partisan. (Il venait de gravir la colline et n'avait pas encore retrouvé son souffle.) Je suis lessivé, anéanti. Cela vous suffit?

Mais Rivers, qui l'observait attentivement, s'étonna de la rapidité avec laquelle il semblait reprendre le contrôle de lui-même et de la situation, semblable en cela à un redoutable félin pris au piège. Le regard de Percy se déplaça du visage de Rivers à ses mains, crispées sur le fusil, puis sauta sur le zinc ionisphérique garé à l'arrière-plan et s'immobilisa enfin sur le visage de Joan Hiashi.

– Salut, Joan, dit-il sans élever la voix.

La jeune femme ne leva même pas les yeux.

– Elle a découvert une fourmilière, expliqua Rivers. Ces derniers temps, elle s'est prise de passion pour les fourmis.

– Elles sont inquiètes, dit Joan. On dirait qu'elles devinent l'imminence d'une catastrophe.

Percy reporta son attention sur Rivers.

– Vos pensées m'apprennent que vous n'avez pas encore détruit l'arme infernale, Paul. Pourtant, vous êtes venu dans ce but, n'est-ce pas?

– Nous ne sommes arrivés que quelques instants avant vous. Oui, je sais que la machine est cachée dans une de ces grottes. (De sa main libre, il esquissa un geste.) J'ai pris la peine d'emporter un appareil de détection. Croyez-moi, vous ne vous servirez pas de cette arme, dussé-je vous griller sur place!

La respiration de Percy était redevenue régulière et ses yeux, ternes et fiévreux il y avait encore quelques instants, brillaient d'un éclat vif et pénétrant.

– Dites-moi, docteur, fit-il d'une voix à la lenteur calculée, avez-vous déjà essayé d'abattre un télépathe?

Rivers releva d'un millimètre le canon de l'arme.

– Montez dans le vaisseau. Vite.

– Pas facile de tirer sur quelqu'un qui peut lire en vous, reprit Percy sans bouger. Une seconde avant que vous ne pressiez la détente, il sait exactement où vous allez tirer – avant même que vous ne visiez ce point précis. Y avez-vous songé? En admettant, ajouta-t-il avec un sourire, que vous ayez vraiment l'intention de me tuer.

– Montez dans le vaisseau, répéta Rivers.

Et s'il avait raison? se demanda-t-il. *Et si j'étais vraiment incapable de le tuer?*

– En effet, dit Percy. Je vous en crois incapable. Posez ce fusil, Paul. Je ne veux pas vous faire de mal, pas plus que vous ne voulez m'en faire.

Depuis quelques instants déjà, Rivers éprouvait une curieuse sensation d'irréalité qu'il avait mise sur le compte de l'usage récent dans les environs d'un ou de plusieurs projecteurs d'illusions. *Mais si c'était le cas,* pensa-t-il brusquement, *l'effet devrait s'atténuer au lieu de s'intensifier comme il le fait!*

– Je ressens la même chose, dit Percy. (Comme si le temps avait perdu les pédales et que la frontière entre le présent et l'avenir se dissolvait. Son visage réflétait une profonde perplexité. Une petite lueur s'alluma dans son œil, un soupçon de contrariété qui se transforma peu à peu en une flamme triomphale.) Vous avez compris, n'est-ce pas, Paul? Vous avez compris ce que cela signifiait?

– Non, marmonna Rivers sans cesser de le regarder.

– J'ai déjà gagné! Quelque part dans le futur immédiat, j'ai déjà mis en route la machine, et plus l'instant approche, plus nous en sentons les émanations. Balkani ne disait-il pas que le temps et l'espace étaient seulement des illusions produites par l'attention sélective? En voici la preuve! Voyez-vous, Paul, rien ne peut m'arrêter. *Mon geste est inéluctable!*

Il ne me reste qu'une seule chose à faire, songea Rivers avec répugnance. *L'abattre. Si je veux l'empêcher d'anéantir l'humanité, je dois presser cette détente. Mais comment s'y prend-on pour tuer un adversaire désarmé et démuni?*

– Démuni? s'exclama Percy. (Avec un sourire sardonique, il se leva.)

Paul tira, mais quand le rayon calcinant fora un trou dans le rocher contre lequel Percy s'était appuyé, il n'y avait plus de Percy. Une seconde auparavant, le Nig avait roulé de côté et le voilà qui sautait à nouveau sur ses pieds, ce qui l'amena sensiblement plus près de Rivers.

– Pigé? demanda-t-il. (Il fit un autre pas en avant.)

Rivers écarquilla les yeux. La lumière était bizarre, comme affectée d'un curieux gauchissement qui semblait former un cône de force entre lui et Percy. Simultanément, son esprit sombra dans une sorte de torpeur et il dut lutter pour conserver toute sa lucidité.

Percy, pendant ce temps, mettait lentement un pied devant l'autre.

– Allez-y, Paul, mon vieux, tuez-moi si vous pouvez!

Rivers pressa à nouveau la détente. D'un bond gracieux, Percy s'était mis hors de danger.

– Ça y est! s'écria-t-il soudain. Mekkis s'est branché sur moi. Il vous surveille à travers mes yeux. Juste avant que je n'active la machine, il fusionnera avec l'Esprit Collectif. Qu'est-ce qu'ils vont déguster, à ce moment-là! Il me signale que l'espace ne tourne pas rond non plus là où il se trouve et que le temps donne l'impression de ne plus savoir où il en est. Son Oracle l'avait prévu, paraît-il. Autant vous habituer à cette idée, Rivers, vous ne pouvez rien faire.

Il se rapprocha encore. Trois mètres, à peine, les séparaient. *S'il calcule bien son élan,* songea Rivers, *il me tient!*

– Bien raisonné, murmura Percy. (Il se ramassa pour bondir.)

Rivers tira. Au passage, le rayon roussit la chemise de Percy. Il tira une seconde fois et le manqua complètement. Il n'y eut pas de troisième fois car le grand Nig le terrassa d'une prise de judo. Un voile rouge descendit devant les yeux de Rivers; il mordit la poussière. Et la dernière chose qu'il vit avant de sombrer dans l'inconscience fut les sourcils froncés de Joan Hiashi.

– Faites donc attention, dit-elle. Vous avez failli écraser la fourmilière!

Ils sont si négligents! songea la jeune femme. Sans mot dire, elle regarda Percy se saisir vivement du fusil laser que Rivers avait laissé échapper et le lancer au loin de toutes ses forces. Le Nig exultait. Son rire éclata, démesuré, formidable, un rire triomphant qui s'atténua soudain en un grondement de satisfaction intérieure. Il s'élança vers l'entrée de la grotte.

Joan considéra la colonie de fourmis et son froncement de sourcils s'accentua.

Cette fois-ci, elles étaient vraiment bouleversées : au lieu de vaquer dans l'ordre et la sérénité à leurs occupations, les pauvres s'étaient mises à fuir en tout sens. Puis un gémissement se fit entendre et Joan leva à nouveau les yeux.

Rivers avait rassemblé assez de force pour pouvoir se hisser sur ses pieds. Il s'ébroua, jeta un coup d'œil circulaire, comme pour s'orienter, aperçut Percy qui venait d'atteindre l'entrée de la grotte, et bien que toujours sonné, se propulsa en avant sur ses jambes cotonneuses. Percy se retourna. Voyant Rivers à ses trousses, il redoubla d'efforts et se projeta dans la cavité. Quelques instants plus tard, Rivers y disparaissait à son tour. Restée seule, Joan perçut un bruit de lutte, puis un cri étranglé, à peine humain, puis le silence.

Comme se prolongeait ce silence, elle s'agenouilla afin d'examiner les fourmis de plus près. Un oiseau tomba soudain non loin d'elle, ses ailes battant encore, bientôt suivi d'un autre, puis d'un troisième.

Tiens, songea-t-elle plaisamment, *il pleut des oiseaux!*

Emise par l'un des chefs du Club de l'Horloge, la nouvelle, nuancée d'ennui, parvint au maréchal Koli.

– Mekkis vient de se brancher.

Koli haussa les épaules. Quelle différence, désormais?

Il étira la langue en direction du bouton de mise à feu et remarqua sans s'inquiéter outre mesure un changement sensible de la qualité de la lumière. Au même instant, il ressentit une étrange impression de *déjà vu* (1), comme s'il avait accompli ce geste des dizaines de fois auparavant.

C'est l'excitation, voilà tout, décida-t-il.

Puis il eut l'impression que le bouton s'éloignait de lui. Sa langue s'allongea démesurément, mais le bouton s'éloignait toujours. Le moment arriva où sa langue fut plus longue que son corps, et cependant le bouton était toujours hors d'atteinte. La panique aidant, Koli devina en un éclair de fulgurante perspicacité que le bouton s'éloignait de lui non dans l'espace, mais dans le temps.

(1) En français dans le texte.

Il questionna l'Esprit Collectif. *Que se passe-t-il?* Et comme pour lui fournir une réponse, il se retrouva brusquement dans la tête de Mekkis, le renégat.

Ecoutez donc, glorieux membres du Grand Conseil, pensait justement Mekkis, *moi, Rudolph Balkani, je vous détruis à petit feu, et vous savez que je vous détruis et vous n'avez pas fini de le savoir. Allez, les vers! Tous dans le réservoir de retraite sensorielle!*

S'efforçant de récupérer son identité, Koli constata que son propre nom lui échappait complètement. Il avait seulement conscience de n'être ni Mekkis ni Balkani. Lui, il était quelqu'un qui avait essayé d'appuyer sur un bouton. *J'y suis!* songea-t-il. *Je suis Percy X!* Et il sentit son index noir se tendre en direction d'un bouton serti dans une machine dont la puissance meurtrière était sans commune mesure avec la taille. Quelque part au fond d'une grotte de la planète Terre.

Puis la lumière s'incurva jusqu'à former un tube d'un gris verdâtre, un tunnel à travers lequel un index noir et démesuré grignotait du terrain, année après année.

Si vous décidez de vous servir de la machine, pensa-t-il, *ne m'en dites rien. Je ne veux pas le savoir.* Ensuite, il sentit la piqûre de l'aiguille dans son bras, le bras de Percy-Koli-Balkani. L'index atteignit enfin le bouton. Saisis d'une horreur muette, une nuée d'yeux regardèrent tandis que les étoiles du cosmos se pâmèrent de douleur et d'extase. L'index pressa le bouton. Des hordes de fantasmes pyrotechniques palpitèrent à la suite les uns des autres, comme vomis par un projecteur emballé; des scènes entières apparurent en surimpression. Et la musique explosa, une mélodie jouée à une cadence folle et tellement suraiguë que seul un animal aurait pu l'entendre... et cependant, il l'entendait.

Alors, le doigt se rompit et la lumière incurvée, ayant atteint la limite de sa résistance, se rompit elle aussi. La musique se tut; la lumière s'estompa jusqu'à l'inexistence; le néant engloutit sa dernière pensée. *Qui suis-je?*

Ténèbres, il ne pouvait répondre à sa propre question, car les ténèbres ne parlent pas. Ni ne pensent. Ni ne sentent. Les ténèbres voient.

16

Debout devant le miroir fêlé de la commode dans la chambre la plus agréable de l'hôtel – la sienne – Gus se versa un double Cutty Sark d'avant-guerre. *Au futur maître du monde!* pensa-t-il en levant son verre. Il le vida d'un trait. Aussitôt après se produisit une singulière distorsion de la lumière qui vira au gris. Gus attribua ce double phénomène à l'alcool et se prépara à siffler une seconde rasade.

– Ça, au moins, bafouilla-t-il, c'est pas du tord-boyaux!

Ce fut alors que les lampes s'éteignirent. *Je ferais bien d'appeler le service d'entretien,* songea-t-il avec agacement. Mais quand il ouvrit la bouche pour parler, rien ne se produisit. Il eut l'impression de ne plus avoir de cordes vocales ni même de langue ou de lèvres. Il voulut se passer la main sur le visage, mais... plus de main! Baissant les yeux, il vit qu'il en était de même pour ses pieds, ses jambes et le reste de son corps. Plus rien!

Il tendit l'oreille. Aucun bruit ne troublait l'obscurité, pas même le battement de son propre cœur. *Seigneur!* pensa-t-il. *Je suis mort!*

Il se concentra pour engendrer quelque chose, n'importe quoi, ne serait-ce qu'un mirage, mais la seule chose qui voulut bien se manifester fut une pâle image persistante de ce qu'il était en train de regarder lorsque la lumière s'était éteinte : son propre reflet dans le miroir fêlé.

Alors, débarrassé de son poids de chair, le fantôme de Gus Swenesgard regarda sa pseudo-réflexion et se sentit soudain gagné par un sentiment de violente aversion. Toute cette chair! Toute cette chair immonde et boursouflée, dégoûtante de sueur! Il se jeta en arrière. Soulagé, il regarda l'obscène apparition s'amenuiser dans la distance.

Il s'est produit une terrible erreur, songea Mekkis, plongé dans l'obscurité.

Cela ne ressemblait en rien à ce qu'il avait envisagé sur la base de la *Thérapie de l'Oubli.* Il s'était attendu à des horreurs sans nom, à des hallucinations, à un défilé d'images plus grotesques et délirantes les unes que les autres, le tout aggravé de phénomènes optiques du genre disques de lumière multicolores tourbillonnants... Compte tenu de tout ce qu'il avait lu dans les articles, bouquins et monographies de Balkani et de tout ce qu'il avait entendu dire au sujet des projecteurs d'illusions...

Au lieu de ça, *rien. Rien, ce n'est pas normal,* se répétait-il.

L'épreuve était douloureuse. Mais ce qui était encore pire, c'était le doute qu'il sentait s'insinuer en lui : et si Balkani s'était trompé?

De quelles illusions me suis-je donc bercé? se demandait-il. *Je ne suis pas Balkani. Je ne suis même pas le ver dénommé Mekkis. Je suis une partie, et non un tout. Je ne suis que l'un des innombrables organes composant l'Esprit Collectif, mais je suis un organe cancéreux, et voici que je suis parvenu à tuer l'entité dont je faisais partie.*

Sans l'aide de ses larbs, aucun Ganymédien de la classe dominante ne pouvait survivre plus de quelques jours. Mais comment appeler un seul larb, au milieu de ces ténèbres?

C'est la mort, songea-t-il. *La mort pour nous tous. Mais les choses ne se passent pas ainsi que je les avais imaginées. J'avais espéré pouvoir être en mesure de jouir des souffrances de mes ennemis. J'avais espéré une apocalypse grandiose et spectaculaire semblable aux chœurs finaux d'un monstreux opéra. Je me suis trompé. Le néant, voilà ce que c'est. Le néant absolu. Et je suis au cœur de ce néant!*

Une petite voix naquit de la désolation de son esprit. « Votre mort... sera bien plus cruelle », chuchota-t-elle. L'Oracle. Et comme toujours, il disait la vérité.

J'ai échoué, songea Paul Rivers, *affalé dans le noir. J'avais les mains autour de son cou, mais il était plus fort que moi et d'ailleurs nous étions trop près de la machine. Il a trouvé le moyen de l'atteindre et de la mettre en route. Il a suspendu le temps.*

Mais Rivers ne s'affola pas pour autant. Il ne s'avouait pas encore vaincu. Il fit le vide dans son esprit, puis, lentement, s'efforça de maîtriser la cohérence de sa pensée. Compte tenu de l'absence totale d'interférences et distraction, il y parvint sans difficulté.

A première vue, mon système nerveux continue de maintenir mon corps dans un état satisfaisant puisque mon esprit fonctionne avec trop de clarté pour être sous l'empire d'un quelconque problème somatique. Mon corps, donc, est parfaitement fonctionnel, bien que je n'aie aucun moyen de savoir s'il peut encore obéir aux injonctions de mon cerveau.

A titre d'essai, il donna à sa main l'ordre de se déplacer vers la machine, mais se heurta aussitôt à un facteur d'annulation; il ne savait plus où était le haut ni le bas et encore moins où se trouvait la machine. Or, sans rétroaction sensorielle, impossible d'agir.

Pourtant, se dit-il, *si je frappe au hasard, j'ai toutes les chances d'entrer en contact fortuit avec la machine. Je pourrais même essayer de la briser. Je ne lui ai jeté qu'un bref coup d'œil, mais elle m'a donné une impression de relative fragilité.*

L'espace d'un long moment, Rivers envoya des messages à son corps. Il lui demanda de tourner sur lui-même, puis de lancer des coups de pied, puis d'agiter les bras. Sans succès, autant qu'il pût en juger. Il n'avait même pas conscience de toucher le sol. La gravité, cette ubiquité fondamentale, semblait avoir été abolie.

Il fut pris d'un léger vertige.

Un symptôme de fatigue encourageant, songea-t-il. Il se concentra de plus belle. Peine perdue. *Plus longtemps fonctionnera cette machine et plus elle fera de dégâts; son effet doit se propager concentriquement et Dieu sait où il faiblira et par suite, cessera de se faire sentir. Il faut que je trouve une solution.*

Une idée se fit jour dans son esprit. Selon les théories de Balkani, Joan Hiashi, coupée de la réalité commune par sa cure d'oubli, devait être immunisée contre les effets de l'arme infernale. *Mais alors,* se dit-il, *mais alors, elle pourrait l'éteindre!*

Il commanda à sa voix de crier et à ses lèvres de

former des mots. « Joan! Arrêtez la machine! » A maintes reprises, il réitéra ces ordres, sans savoir s'il était parvenu à émettre un son palpable. Ce manège se poursuivit pendant une heure de temps subjectif... mais les ténèbres ne se dissipaient pas.

Il fit une seconde pause-réflexion. La solution, s'il en existait une, se cachait quelque part au détour des théories de Balkani. Mais où? *Si seulement j'avais étudié à fond la Thérapie de l'Oubli et la Théorie du Point Nodal au lieu de m'être contenté d'un regard distrait,* soupira-t-il en lui-même.

La Théorie du Point Nodal.

Et si c'était ça, la clé de tout?

Selon l'hypothèse du Point Nodal, il existait un raccourci à travers lequel un contact pouvait être établi entre deux particules de matière, si éloignées fussent-elles l'une de l'autre. C'était par ce Point Nodal que circulaient les vibrations aurales dans les expériences télépathiques de longue distance. S'appuyant sur cette théorie, Balkani avait pu dresser un grand nombre d'individus – tels que Percy X – à violer le secret des esprits sur des distances considérables. Poussée dans sa logique extrême, la Théorie du Point Nodal impliquait que quiconque, placé sous certaines conditions, pouvait être capable d'établir un contact télépathique. Après tout, ne sommes-nous pas tous en relation avec ce fameux Point Nodal?

Par conséquent, conclut Rivers, *en théorie tout au moins, je possède moi aussi un pouvoir télépathique. En admettant que Balkani ait eu raison.*

Ses pensées se tournèrent à nouveau vers Joan Hiashi. Naturellement, il ne pouvait avoir la certitude que la machine n'avait eu aucun effet sur elle, mais si c'était le cas, la jeune femme devait être la seule personne de tout le système avec laquelle il valût la peine d'entrer en contact. Fusionner avec quelqu'un d'autre, cela reviendrait en somme à partager son aveuglement ou à le confondre avec le sien.

Toujours d'après Balkani, comment s'établissait la personnalité? Par la conscience sélective. *Je suis Paul Rivers,* pensa-t-il, *car j'ignore tout des sensations éprouvées par l'autre, disons Joan Hiashi. En temps normal, l'écran de mes propres sensations absorberait toutes les informations qui pourraient être émises par elle. En ce moment, je ne ressens absolument rien; par conséquent, toutes les sensations éprouvées par Joan Hiashi, même les plus légères, devraient m'atteindre de plein fouet.*

Il s'imagina tout d'abord être dans la peau d'une femme.

Je suis petite, fragile, vulnérable. Ma perception de la réalité est celle du yin, et non du yang. Je suis sensible, fluide, gracieuse.

Qu'il était donc facile d'adhérer à ces hallucinations sensorielles lorsque rien ne venait les combattre!

A présent que je suis une femme, je dois devenir une femme spécifique, trouver ma personnalité. Or, je connais le trait marquant du caractère de Joan Hiashi. Le détachement. Joan est la femme la plus détachée de la planète. Pour me mettre à sa place, je dois donc me transformer, mais pas au point de devenir, comme elle, indifférente au sort de l'humanité.

Ma personnalité se lézarde avec une vitesse incroyable, constata-t-il. Il avait toujours pensé que seuls les schizophrènes offraient ce degré de malléabilité mais d'un coup, changer de personnalité lui semblait la chose la plus naturelle du monde, ou tout au moins de ce monde qui l'entourait.

D'un autre côté, songea-t-il avec humeur, *peut-être ai-je toujours été schizophrène sans le savoir.*

Et tout à coup, il sentit quelque chose. Une sensation presque imperceptible, mais dont il était certain qu'elle ne prenait pas sa source dans son imagination. Du froid. Et une pression. Il était assis sur quelque chose. Quelque chose de dur. Puis d'autres sensations affluèrent. Il *était* une femme. Ouvrant les yeux, il découvrit que cette femme était Joan Hiashi.

A ses pieds, des fourmis couraient au hasard, en proie à un désarroi manifeste. Certaines gisaient sur le dos, leurs pattes agitées de soubresauts pathétiques; d'autres escaladaient des cailloux à l'aveuglette, tombaient et recommençaient. Il faisait sombre. Rivers en conclut que plusieurs heures avaient dû s'écouler depuis sa rixe avec Percy. Tranquillement assise, Joan écoutait le flux et le reflux des clameurs animales, tout un assortiment de plaintes et de hurlements qui retentissaient aux quatre coins de la forêt. Rivers ressentit le plaisir que cette « musique » procurait à la jeune femme, mais aussi son indifférence aux souffrances qu'elle trahissait. Révolté, il fut pris du désir spontané de se retirer et faillit rompre le lien fragile qui unissait leurs esprits.

Il ne m'appartient pas de la juger, décida-t-il, et fort de cette résolution, il put à nouveau sentir et ressentir en harmonie avec elle. Mais plus que le corps d'une femme, c'était sa structure mentale qui lui était étrangère. La plupart des pensées de Joan Hiashi auraient aussi bien pu germer dans l'esprit d'un extra-terrestre. Et le plus surprenant, c'était qu'elles éveillaient en lui un écho vaguement familier.

Bien sûr. Une partie de moi-même lui ressemble. Le Paul Rivers contemplatif.

Et maintenant, Joan Hiashi, à nous deux! Il envoya un message à sa main droite, lui ordonnant de se lever. La main fut parcourue d'un frémissement, mais resta où elle était.

Laissez-vous faire, Joan. Ne vous insurgez pas, je vous en supplie.

Contre toute attente, elle obéit. Lentement, comme à regret, sa main monta jusqu'à ses yeux. Joan la considéra avec un étonnement ravi, persuadée qu'elle avait agi de son propre chef. Son esprit n'offrait aucune résistance. Son corps était prêt à se plier à tous les caprices de l'esprit qui en avait pris possession. Amusée, soumise, Joan se laissait guider. Il ordonna à son corps de se lever. Il se leva. Il lui ordonna de se diriger vers la grotte. Il se mit en route vers la grotte.

Comme il est étrange d'appréhender la réalité à travers le corps et le système de perception de quelqu'un d'autre! Je dois tenir compte en permanence de sa taille plus petite et de son poids plus léger et jusqu'au balancement spécifiquement féminin de son bassin qui me pose des problèmes!

Il pénétra à l'intérieur de la grotte et fit halte pour laisser à ses yeux le temps de s'accoutumer aux ténèbres. Puis, comme ses pupilles se dilataient, il reçut le choc le plus violent de ces derniers jours. Il se vit lui-même, Paul Rivers.

Il gisait sur le sol, à côté de Percy X. Mais de ces deux corps, un seul respirait encore.

Se peut-il vraiment que ce soit moi? se demanda-t-il. Les corps étaient maculés de sang encore frais. Une fois remis de son émotion, Rivers parvint à reconstituer la scène. Lorsque l'arme était entrée en action, il se cramponnait à Percy, et croyant faire tout son possible pour casser la machine, il avait donné des pieds et des mains sans se rendre compte que c'était le Nig qu'il était en train de rouer de coups. Percy, il n'y avait pas d'autre solution, était mort des suites de ces coups. Il l'avait tué, mais ni l'un ni l'autre n'avait compris ce qui lui arrivait.

Rivers n'était d'ailleurs pas sorti indemne de l'aventure; utilisant le corps de Joan Hiashi, il se pencha au-dessus de lui-même. Tous ses doigts étaient brisés et ses bras couverts d'ecchymoses et de coupures, là où il les avait bien inutilement jetés contre le sol rugueux de la grotte.

Mettant avec précaution un pied de Joan devant l'autre, il s'approcha de la machine et l'éteignit.

Et poussa un hurlement de douleur!

A la seconde où les effets de la machine avaient cessé de se faire sentir, il s'était retrouvé dans son corps mutilé, l'esprit assailli de signaux de douleur en provenance d'un millier de sources simultanées. Mais Rivers avait de la chance : quelques secondes plus tard, il s'évanouissait.

– Ils sont morts, soupira le larb-médecin. Tous les membres de l'élite ganymédienne sont morts, jusqu'au dernier. (Il laissa son regard errer, par-delà le hublot, sur l'armada de vaisseaux qui flottaient sans but dans l'espace environnant. Au loin. on apercevait la Terre, toujours verte; un beau fruit qui ne demandait qu'à être cueilli, si toutefois quelqu'un se sentait d'humeur à faire main basse sur une planète.)

– Mais pourquoi? demanda timidement l'un des larbs-navigateurs.

Le larb-médecin haussa les épaules.

– Quelque chose a traversé l'Esprit Collectif. Quand le maréchal Koli fut atteint, je me trouvais justement en relation télépathique avec lui, et je les ai vues arriver, les ténèbres insondables... j'ai aussitôt coupé le contact, sinon elles m'auraient détruit moi aussi.

– Et le maréchal, pourquoi ne s'est-il pas coupé de l'Esprit Collectif? voulut savoir un autre navigateur. Il aurait pu échapper à la mort.

Le médecin se propulsa loin du hublot.

– L'élite ne fonctionne pas ainsi. Quand elle se sent menacée, elle se fond dans le grand Tout Encéphalique. Plus ils ont peur, plus ses membres tentent de s'abîmer dans l'unité et plus ils sont vulnérables. C'est de l'Esprit lui-même qu'est venue la force maléfique qui s'est transmise à chacun d'eux.

– Nous saurons nous garder d'une telle faiblesse, proclama un jeune officier subalterne d'une voix solennelle.

Son assurance fit naître un sourire sur le visage las du médecin. *Du vivant du maréchal,* pensa-t-il, *jamais il n'aurait osé parler sur ce ton. La jeune génération saura s'adapter et construire un monde nouveau. Espérons qu'ils ne céderont pas à la tentation des conquêtes interplanétaires. Cette erreur nous a déjà coûté assez cher.*

– Rentrons chez nous, déclara-t-il.

Chacun regagna son poste. L'immense vaisseau avait commencé son voyage de retour.

Désormais, songea le vieux médecin, *nous n'avons de comptes à rendre qu'à nous-mêmes.* Plus qu'un enthousiasme aveugle, c'était de la crainte qu'il éprouvait.

– Cette liberté qui nous échoit, murmura-t-il, pourvu qu'elle ne soit pas trop lourde à supporter...

17

Gus Swenesgard regarda autour de lui en clignant des yeux égarés. La lumière! La lumière était revenue. L'espace d'un moment, son soulagement fut tel qu'il demeura prostré, marmonnant une prière de remerciements à son Dieu fondamentaliste. Puis une vague de panique balaya cet élan de reconnaissante piété.

Suis-je le seul survivant?

S'arrachant au lit, il tituba en direction de la fenêtre. La nuit tombait. Gus discerna la rue, bordée de maisons crasseuses et délabrées, mais il eut beau s'abîmer les yeux à scruter la pénombre : il ne vit pas âme qui vive! Sa panique se mua en terreur véritable. Il se dirigea en trébuchant vers la porte, l'ouvrit à la volée et hurla.

– Y a quelqu'un?

– Je suis là, patron.

Celui qui venait de parler devait se trouver juste derrière le coude du couloir. Gus reconnut la voix de son plus fidèle Tom. Il prit ses jambes à son cou.

– Vous êtes gras et méchant comme une teigne, s'écria le Nègre d'une voix brisée par l'émotion lorsque les deux hommes furent face à face et les yeux dans les yeux, mais c'est toujours mieux que rien!

– Et toi, t'as un poil long comme ça dans la main et t'es moche à faire peur, répliqua Gus, mais à cette minute, j'ai jamais rien vu d'aussi beau que ta sale bouille!

Ils éclatèrent d'un rire hystérique et, comme sur un signal, tous les couloirs de l'hôtel retentirent de clameurs et de hurlements de joie. Une première porte s'ouvrit, puis une seconde, et l'on vit apparaître sur le seuil de toutes les chambres les silhouettes décomposées de leurs occupants. En une seconde, l'allégresse fut générale. On se serrait la main, on se congratulait, on échangeait des plaisanteries. Tous étaient déchaînés.

La voix de Gus couvrit un instant le tumulte.

– Je vais faire sauter toutes ces satanées portes! Ce sera le premier hôtel sans portes!

Ils m'aiment, songeait-il avec une stupeur émerveillée. *Ils m'aiment vraiment! Regardez comme ils se jettent tous sur moi. Et cette vieille peau qui vient juste de m'embrasser! Un miracle de l'amour, voilà ce que c'est! Le message du Seigneur à l'humanité souffrante!*

– Ecoutez! hurla-t-il, j'ai bien envie de me faire sacrer roi, qu'est-ce que vous en dites?

– Tout ce que vous voudrez, monsieur Gus! Mais laissez-moi vous regarder!

Des cris jaillirent de la foule.

– Pour le roi Gus, hip, hip, hip, hourra! Longue vie au roi Gus! Nous voulons Gus!

Quand il parvint à se dégager, tout essoufflé, il se dirigea clopin-clopant vers le vidphone le plus proche. Ses doigts tremblaient d'excitation. Il laissa tomber plusieurs pièces avant de pouvoir en insérer une dans la fente. Il composa le numéro de la station de télévision locale.

– Ici, Gus Swenesgard. Je désire acheter soixante minutes en mondiovision par satellite pour, disons, demain soir.

On lui passa le directeur de la station. Il répéta ce qu'il venait de dire.

– Pour le compte de qui? demanda le directeur.

– Je suis l'Administrateur en exercice de la Province du Tennessee, répliqua Gus sur un ton pincé.

– Vous pouvez payer? (Le directeur lui donna un chiffre approximatif.)

Gus battit des paupières. Financièrement, il ne s'en remettrait pas, mais le jeu en valait la chandelle.

– Bien sûr, bafouilla-t-il.

– Marché conclu! Je ne vois pas pourquoi vous ne passeriez pas à l'antenne, vous ou n'importe qui d'autre. Vous êtes un être humain, c'est déjà ça. Depuis que la lumière est revenue, ici, c'est un vrai cirque. Figurez-vous que le responsable de l'information est en train de se déshabiller devant les caméras en criant « Je vous aime! ». Dans une seconde, vous verrez qu'il va se mettre à faire un truc vraiment dingue, comme de leur dire la vérité.

– Alors, c'est vrai? demanda Gus qui n'en était pas encore revenu, je vais passer à la télé?

– Oui, monsieur. Mais c'est payable d'avance.

– En mondiovision?

– Vous pouvez en être sûr.

– Youpi!

– Hey, redites-moi ça, fit le directeur. Entendre un homme heureux, j'adore!

– Youpi! cria Gus.

– Au fait, passez donc dîner à la maison avec votre femme avant l'émission, d'accord? Je tiens à ce que ma famille fasse connaissance avec l'Administrateur en exercice de la Province de Tennessee.

– C'est que je n'ai pas de femme, dit Gus. En fait...

– Aucune importance! Je vous donne ma fille aînée. Après ce qui s'est passé, je suis certain qu'elle vous sautera au cou, même si vous ressemblez à un balai brosse.

– Pour le dîner, en tout cas, j'accepte, dit Gus. (Il remercia et raccrocha.)

Les gens m'aiment, se répéta-t-il. *Tout le monde m'aime!*

La sonnerie du vidphone retentit. Gus était encore tout près. Il répondit.

– Gus Swenesgard? demanda une voix. (L'écran resta vide, mais l'appareil était capricieux et Gus n'y fit pas attention.)

– Oui, ici, Gus.

La voix lui rappelait vaguement quelque chose, sans plus. Il fut frappé par son timbre sinistre, passablement effrayant même, et ne put réprimer un frisson.

– Alors, comme ça, tu veux devenir roi? reprit la voix anonyme avec un mépris non dissimulé.

– Mais oui, dit Gus qui n'en était plus aussi certain tout à coup. (Avec un pincement au cœur, il songea :) *En voilà au moins un qui ne m'aime pas.*

– Je te connais, Gus Swenesgard, poursuivit la voix. Je te connais mieux que tu ne te connais toi-même. Tu n'es même pas capable de maîtriser ta propre goinfrerie! Comment espères-tu gouverner les autres quand tu ne peux pas gouverner ta propre personne?

– Et alors? Je ne suis pas pire que..., commença Gus, agressif.

– La belle affaire! Sous prétexte qu'on n'est pas pire que le voisin, est-ce une raison pour se faire sacrer roi? (La voix se fit dure et brutale :) Tu es un clown, Gus. Un pauvre clown de série Z, un cul-terreux sudiste, un minable! Un hypocrite, un égocentrique, un énergumène raciste avec un cul en forme de groin de pourceau.

– Dddites-donc, p-pour qui vous prenez-vous? bégaya Gus, terrifié.

– Tu ne me reconnais donc pas?

– Fichtre non!

Personne n'osait lui adresser la parole sur ce ton. Depuis longtemps, en tout cas, personne n'avait osé.

– Tu étais là quand je suis né. Tu ne te souviens pas? Dans les ténèbres et le silence.

– Vous ne seriez pas un peu cinglé, par hasard? fit Gus d'une voix tremblante.

– Ça te plairait, hein, de me faire passer pour cinglé? Oh, je sais ce qui se passe dans ta tête, Gus; je sais comment tu divises les hommes en deux catégories, les bons et les méchants, les sauvés et les damnés. Et toi, bien sûr, tu seras sauvé, n'est-ce pas, Gus?

– Je suis un bon chrétien, répliqua Gus, reprenant courage.

– Vraiment? Tu crois que la chair est mauvaise, mais tu ne peux lui échapper, continua la voix, implacable. Tu es impuissant à suspendre les fonctions régulières et continues de ton corps, fonctions sales, coupables, inavouables! Tu vis dans le péché, Gus Swenesgard. Tu es une abomination; à mes yeux, aux yeux de tous et surtout, surtout, à tes propres yeux. Tu ne pourras jamais être roi car tu as un puissant ennemi qui sabotera toutes tes tentatives. Quoi que tu construises, entends-tu, Gus, quoi que tu construises, il le jettera à terre!

– Mais qui? hurla Gus. Qui me ferait une chose pareille?

– Moi, dit la voix.

Il y eut un déclic. Elle n'avait plus rien à ajouter.

Gus s'éloigna en chancelant du vidphone. Dans le hall, on riait toujours à gorge déployée. Gus se demanda brièvement si ce n'était pas de lui que riaient tous ces imbéciles. C'était un soupçon ridicule, bien sûr.

Un type fêlé, rien qu'un pauvre type fêlé, se répétait-il. *Cela ne vaut même pas la peine d'y penser.*

Facile à dire. Les paroles entendues avaient frappé juste, tournant le couteau dans les multiples plaies de sa conscience. Il savait déjà que, plus il s'efforcerait de les oublier, et plus elles le hanteraient. *J'ai du travail,* songea-t-il. Il monta dans sa chambre dont il claqua la porte derrière lui. Enfin seul, il s'assit à son bureau pour rédiger dans le calme son allocution télévisée et finir la bouteille de Cutty Sark.

Lorsque Rivers émergea du cabinet du médecin, les deux mains bandées et tous ses doigts maintenus par des attelles organiques, il trouva Joan Hiashi tranquillement installée dans la salle d'attente.

– Vous n'étiez pas obligée de rester, dit-il aussitôt. Je peux très bien me débrouiller seul!

Je suis tout de même rudement content que vous l'ayez fait, songea-t-il. Il était bien incapable de se débrouiller sans aide et tous deux le savaient.

Joan lui ouvrit la porte et sortit avec lui dans le hall. Il comprit qu'elle avait remarqué sa claudication et s'efforçait de marcher avec le plus de naturel possible. *Je ne veux pas qu'elle ait pitié de moi! Mais je suis fou... Comment pourrait-elle avoir pitié? Elle ne ressent rien, ni dans un sens ni dans l'autre. Elle est conditionnée pour demeurer de glace.*

Pourtant, elle avait pris la peine de traîner son corps inconscient dans le vaisseau, puis de lui donner les premiers soins avant de le conduire à l'hôpital. Elle ne s'était pas contentée de l'abandonner à son sort, comme rien ne l'aurait empêchée de le faire.

Au moment où ils pénétraient dans l'ascenseur, Joan lui toucha le bras.

– Paul, dit-elle, je voudrais...

Mais sa phrase resta en suspens. La porte coulissa en silence et en silence, ils descendirent quelques étages.

– Comme c'était curieux, d'être vous, là-haut dans les collines, reprit-elle soudain. Mais d'un autre côté, je ne me suis pas sentie tellement dépaysée. J'ai eu l'impression que depuis toujours, une partie de moi-même n'avait cessé de vous ressembler.

La porte s'ouvrit, leur livrant passage vers le hall du bâtiment central.

– Figurez-vous que je me suis fait la même réflexion en me retrouvant dans votre peau, dit Paul.

Ils sortirent de l'ascenseur et se mêlèrent à la foule joyeuse et surexcitée. Des gens se jetèrent à leur cou, d'autres les embrassèrent. Paul répondit de son mieux à ces marques d'effusion, même si certaines démonstrations lui étaient plutôt douloureuses en raison de ses blessures. La foule se clairsema au voisinage de la porte. Ils pouvaient à nouveau s'entendre.

– En un sens, dit Joan, c'était plutôt agréable d'être vous. Un être plein de vie, de curiosité, de passion. Pour moi, bien sûr, il est trop tard.

Paul se figea sur place et la dévisagea intensément. Elle avait les yeux brillants, trop brillants.

Je rêve, se dit-il, stupéfiait. *Joan Hiashi serait-elle en train de pleurer? Non, c'est impossible.*

– J'ai un problème, je l'avoue, fit-elle d'une petite voix désenchantée. (Elle détourna les yeux.) Je n'ai rien et je ne veux rien; je suis parvenue à cet état de détachement suprême vers lequel ont tendu les efforts de tous les saints depuis le commencement des temps. Seulement voilà, je veux en sortir.

– Joan, murmura-t-il avec ferveur, ne voyez-vous

pas qu'il y a une contradiction dans ce que vous venez de dire? *Vous voulez quelque chose!*

– Peut-être. Mais c'est inaccessible!

– Vous vous trompez! (De sa main droite bandée, il lui effleura l'épaule.) Vous avez déjà gagné la première manche puisque vous éprouvez le désir de recommencer à vivre. Laissez-moi vous aider, Joan.

– Vous m'apprendrez? s'écria-t-elle.

– Je vous apprendrai l'art et la manière d'être avec les gens. Vous m'apprendrez la solitude.

Joan eut un sourire pensif.

– Nous nous complétons, n'est-ce pas? (Puis, se hissant sur la pointe des pieds, elle lui déposa un baiser sur la joue.)

Riant comme un collégien, Paul se mit à courir.

– Taxi! criait-il. Taxi!

Mais aucun taxi n'était libre. Ils durent attendre un long moment, côte à côte sur le trottoir. Le plus curieux, c'est qu'ils y prirent beaucoup de plaisir.

Bien peu d'odeurs importunaient les narines relativement frustes de Gus Swenesgard, mais pour quelque obscure raison, ce fut le cas du vague relent d'ozone et d'électricité qui flottait dans le studio. *Tout de même,* songeait-il en fronçant le nez, *ils pourraient aérer de temps en temps!*

Mais le trac, bien sûr, y était peut-être pour quelque chose.

Tout semblait prêt pour le grand moment. Gus avait veillé lui-même à l'installation des panneaux sur lesquels il lirait son discours au fur et à mesure. C'était lui, aussi, qui avait choisi la musique, martiale et patriotique, que les téléspectateurs entendraient en sourdine.

Et c'était lui, enfin, qui avait rédigé les bandes

annonces diffusées à intervalles réguliers tout au long de la journée.

Jetant un regard en coulisse vers l'entrée du studio, Gus reconnut le Dr Paul Rivers, accompagné de Joan Hiashi. Il remarqua aussitôt les mains bandées et la claudication du médecin et conclut à un accident sérieux. *Il a dû faire la nouba plus que de raison,* songea-t-il. Puis, se confectionnant un sourire de circonstance, il s'avança vers eux en se dandinant.

– Bonjour! Bonjour! lança-t-il avec chaleur. Ça fait plaisir de voir des visages de connaissance. Dites, vous ne trouvez pas que ça sent drôle, par ici? Ou alors, c'est moi qui suis un peu nerveux? (Il regarda Rivers par en dessous, guettant l'avis du professionnel.

– Non, je n'ai rien remarqué, dit Paul avec un sourire poli.

– On voit bien que vous ne dirigez pas un hôtel! Je ne tolérerais pas une pareille odeur chez moi! Les clients se plaindraient.

Soudain, il eut l'intuition que Rivers pouvait bien être en train de se payer sa tête et lui décocha un coup d'œil méfiant. *C'est le trac,* songea-t-il, rassuré par l'expression candide du visage de Paul Rivers. Sa peau marbrée était comme toujours emperlée de sueur. Il s'épongea le front.

– C'est à vous dans cinq minutes, annonça un technicien dégingandé et binoclard. Cinq minutes, monsieur Swenesgard. (Le technicien retourna à ses occupations.)

– Voulez-vous un tranquillisant? demanda Rivers.

– Non, non, ça ira, marmonna Gus.

Il s'éloigna d'un pas mal assuré et trouva refuge

dans la loge qu'on lui avait assignée. A l'abri des regards, il s'envoya une bonne rasade de bourbon. *Le voilà,* songea-t-il avec satisfaction, *le seul tranquillisant dont Gus Swenesgard ait besoin!*

La porte s'ouvrit. Gus n'eut que le temps de cacher la bouteille derrière son dos.

– Plus que quatre minutes, monsieur Swenesgard, dit le technicien à lunettes.

– 'ichez le camp, bafouilla Gus. Vous me rendez nerveux.

Le technicien s'éclipsa. Mais, Gus le savait, dans cinquante-neuf secondes exactement, il serait de retour pour annoncer : « Plus que trois minutes, monsieur Swenesgard. » Alors il sortit de la loge et s'installa résolument derrière le grand bureau moderne, sous le nez des caméras.

Posé sur un coin de la table, il y avait le vieux drapeau des Nations Unies, une relique d'avant-guerre. Ce serait sa première apparition officielle depuis la reddition de la Terre. *Une délicate attention,* songea Gus, touché.

– Trois minutes, monsieur Swenesgard.

Soudain, Gus se sentit gagné par une étrange et désagréable certitude. On le surveillait. Il se sentait épié, jaugé, soupesé. *Quelqu'un a les yeux fixés sur moi,* se dit-il. Il jeta un coup d'œil furtif autour de lui. Il était en effet le point de mire d'une quantité de regards, y compris celui de Rivers et de la petite Japonaise, sans parler des cameramen, mais tous ces regards étaient inoffensifs.

J'ai compris! pensa-t-il. *Ce sont tous les téléspectateurs à travers le monde. C'est le regard de cette sacrée planète que je sens peser sur moi!*

Cette réponse était tout ce dont il avait besoin sur le plan intellectuel, mais elle ne pouvait rien contre la boule d'angoisse lovée au creux de son estomac et qu'aucune explication rationnelle n'aurait pu résorber.

Le grand échalas aux lunettes surgit devant lui.

– Deux minutes, monsieur Swenesgard.

Gus était parvenu à localiser l'origine de son inquiétude. Elle émanait du stand sur lequel les panneaux attendaient, soigneusement empilés.

Seulement voilà, il n'y avait personne à moins de trois mètres à la ronde!

– Une minute, monsieur Swenesgard.

Gus éprouva l'envie folle de se lever et de gagner la sortie. Continuer, lui soufflait une petite voix intérieure, c'était courir au désastre. Trop tard, hélas! Déjà, les caméras mettaient au point sur son visage. Un silence recueilli tomba sur le studio. Le voyant rouge venait de s'allumer.

Il y a dans cette pièce quelqu'un ou quelque chose qui veut ma peau, songea Gus, paniqué.

Le présentateur commença son bref exposé. Gus s'aperçut que le technicien lunetteux se tenait derrière le stand, prêt à tourner les panneaux, les uns après les autres... Etait-ce lui, l'ennemi, la bête immonde? Toujours était-il qu'une obscurité douteuse semblait s'être condensée dans cette partie du studio. Le technicien, qu'il pouvait encore voir un instant auparavant, était noyé dans l'ombre.

Gus écarquilla les yeux. *Que vais-je devenir si je ne peux pas lire les panneaux?* se demanda-t-il, affolé. Mais les panneaux eux-mêmes demeuraient parfaitement visibles et quant à la disparition momentanée de ce type exaspérant, elle pouvait être due au fait que toutes les lumières du studio étaient braquées sur lui, l'aveuglant presque, au point qu'il était obligé de cligner et de loucher pour distinguer quelque chose.

Brusquement, un index surgit de la zone d'ombre qui entourait les trois caméras et se braqua sur lui. Il avait l'antenne!

Les yeux rivés sur les panneaux, comme hypnotisé, il commença à réciter d'une voix mécanique.

– Mesdames et messieurs, bonsoir, ou bon après-midi selon l'endroit où vous avez la chance de vous trouver sur cette belle, cette merveilleuse planète que le Seigneur nous a donnée et rendue, pas plus tard qu'hier, remercions-en la Providence. Je suis Gus Swenesgard, votre voisin, et je dirige une petite province tranquille du sud des Etats-Unis dont vous avez peut-être entendu parler en relation avec les pépins que nous ont causés les partisans Nigs, bref, ça s'appelle le Tennessee. L'envie m'a pris de venir discuter avec vous, comme ça, à la bonne franquette, de la situation difficile au milieu de laquelle, grâce en partie aux efforts déployés par votre serviteur, nous nous sommes retrouvés parachutés du jour au lendemain.

Là-bas, derrière la vitre de la salle de régie, le chef technicien et le directeur échangèrent un large sourire. De l'endroit où il était assis, Gus les voyait très bien. *Qu'est-ce qu'il y a de si drôle?* se demanda-t-il, agacé.

– A présent que ces saletés de vers ont été boutés hors de la Terre, reprit-il avec obstination, et les partisans Nigs hors des collines, il ne nous reste plus qu'à retrousser nos manches pour remettre de l'ordre dans la maison. Alors, écoutez-moi bien. A première vue, je ne vous en donne peut-être pas l'impression, mais je...

A Paris, un patron de bistrot jura dans sa barbe et

se leva pour aller éteindre son poste qui diffusait l'allocution de Gus en traduction simultanée.

A Rome, le Pape changea de chaîne et chercha un western-spaghetti.

A Kyoto, un maître Zen se roula par terre de rire et fut pris de hoquet.

A Detroit, un mécanicien lança sa boîte de bière en plein dans l'écran.

Mais Gus, ignorant de toutes ces choses, persévérait :

– Vous vous dites sûrement qu'un militaire de haut rang est l'homme de la situation. Mais notre armée nous a lâchés, et d'ailleurs...

Quelque chose clochait. Le texte des panneaux ne correspondait plus exactement à ce qu'il avait écrit. Quelqu'un était-il repassé derrière? N'avait-on pas plutôt mélangé les panneaux?

– C'est quelqu'un comme moi qu'il vous faut, un clown!

Gus, interloqué, s'arrêta à mi-phrase. Il relut le panneau. « Clown », c'était écrit en toutes lettres.

Une main changea le panneau. Impossible de voir à qui elle appartenait.

« Un pauvre clown de série Z, un cul-terreux sudiste, un minable! » disait le panneau suivant. A son tour, il fut remplacé. Gus sentit ses cheveux se hérisser sur sa nuque. « Un hypocrite, un égocentrique, un énergumène raciste...! »

Mon Dieu, songea-t-il, *ce sont les propres mots de la voix au vidphone.*

Sans réfléchir, il bondit sur ses pieds.

– Vous, là-bas, derrière le stand, qui êtes-vous? hurla-t-il. Qu'est-ce qui vous prend?

Une tache d'ombre fondit sur lui comme une

tornade et une voix – toujours la même – lui cria à la figure :

– Me reconnais-tu, à présent? Je suis ton moi profond, délié de toi à force de dégoût, arraché à ma prison par les ténèbres! Je te hais, toi et tout ce que tu représentes! A présent, libéré de l'espace-temps, je te juge!

L'obscurité l'enveloppa. Il se retrouva soudain dans l'atroce situation qu'il avait connue si peu de temps auparavant, seul dans le silence insondable, confronté à l'image persistante de son propre reflet dans le miroir jauni et fendu de la chambre d'hôtel.

Il hurla. Et n'entendit rien.

Mais son cri ne fut pas perdu pour tout le monde.

Paul Rivers l'entendit.

Et tous les techniciens présents.

Et le monde entier, ou plutôt, cette infime portion du monde qui regardait Gus Swenesgard boire jusqu'à la lie la coupe du ridicule.

Le producteur lui retira l'antenne et le remplaça par ce qu'il avait sous la main, une pub Berkeley Boo, marque très populaire de cigarettes de marijuana à bout filtre : « Un petit rayon de soleil californien ».

Paul se leva et s'approcha de Gus aussi vite que le lui permettait son infirmité. Il avait vu la rafale de brume noire se jeter sur l'orateur et disparaître aussi vite qu'elle s'était formée.

Ce doit être un effet secondaire de l'arme infernale, songea-t-il en se souvenant de ce qui s'était passé avec les projecteurs d'illusions. Il passa un bras ferme autour des épaules tremblantes de Gus.

– Comment vous sentez-vous?

– Etes-vous médecin? marmonna Gus, hébété.

– En effet, je suis médecin. (Constatant que le petit homme n'y voyait pratiquement rien, il l'entraîna à l'écart de la zone de lumière... et loin de ses espoirs de puissance politique et militaire.) Ne vous inquiétez pas, je m'occupe de tout.

Le Dr Choate et Ed Newkom les attendaient dans le salon.

– C-comment m'avez-vous trouvé? demanda Gus qui claquait des dents.

La vérité va faire mal, mais si je te mens, tu ne me croiras jamais, décida Rivers.

– Vous avez été abominable, dit-il. Les indices d'écoute sont formels : quand vous avez quitté l'antenne, seuls une poignée de gens, presque tous du Tennessee, vous regardaient encore. Pourtant, au début de votre allocution, vous aviez l'audience la plus vaste dont un homme ait jamais bénéficié depuis que la télévision existe.

Gus le dévisagea.

– Vous vous y connaissez en psychologie, n'est-ce pas, docteur?

– Si quelqu'un s'y connaît, ce ne peut être que Paul, assura Ed Newkom.

– Accepteriez-vous de m'aider? demanda Gus avec anxiété. Accepteriez-vous d'écrire à ma place des discours qui feraient réfléchir les gens et leur donneraient de moi une autre opinion? Pouvez-vous me dire ce que je dois faire pour regagner leur confiance?

– Cela tombe bien, dit le Dr Choate. Nous envisagions justement de vous proposer dans ce but notre collaboration professionnelle.

Paul ne dit rien. Mais il ne pouvait se défendre d'éprouver pour Gus une certaine admiration.

Tu viens de t'effondrer, songeait-il, *et déjà tu te relèves, prêt à entreprendre autre chose, prêt à réparer tes erreurs. Tu n'abandonnes jamais. Et l'Association Mondiale de Psychiatrie n'est que trop disposée à prendre en main ta campagne... pour faire de toi un homme de paille, à ton insu, bien sûr. Tu as assez de jugeote pour te le permettre, Gus Swenesgard. En cette difficile période de reconstruction, nous deviendrons la plus importante force politique. Qui sait, tu pourrais même finir par l'avoir, ta couronne, tout au moins jusqu'au rétablissement des institutions démocratiques...*

Gus était à nouveau lui-même. Il avait retrouvé toute sa verve et s'était remis à discuter, comploter, ourdir, avec une ardeur et un enthousiasme intacts. Le Dr Choate et Ed Newkom écoutaient et souriaient, de ce sourire tranquille, lointain, rassurant, des véritables conspirateurs qui savent toujours en quelles mains sont rassemblées les rênes du pouvoir.

Et tout en regardant son supérieur, Rivers eut l'impression de le voir pour la première fois tel qu'il était en réalité. Etait-ce une illusion? Ou bien y avait-il vraiment, tapie au fond des yeux du Dr Choate, une petite lueur froide et calculatrice?

Rivers se secoua et un sourire s'épanouit lentement sur son visage. Tranquille, lointain, rassurant.

Si nous commençons à nous méfier les uns des autres, en qui pourrons-nous avoir confiance? se demanda-t-il.

Bonne question. Le problème, c'était qu'elle risquait fort de demeurer longtemps sans réponse.

Editions J'ai Lu, 31, rue de Tournon, 75006 Paris

diffusion
France et étranger : Flammarion, Paris
Suisse : Office du Livre, Fribourg
Canada : Flammarion Ltée, Montréal

Achevé d'imprimer sur les presses de l'imprimerie Brodard et Taupin
7, Bd Romain-Rolland, Montrouge. Usine de La Flèche,
le 14 mai 1980
1605-5 Dépôt Légal 2e trimestre 1980 ISBN : 2 - 277 - 21067 - 6
Imprimé en France